少年小说课

胡钺 著

河南大学出版社
HENAN UNIVERSITY PRESS

图书在版编目（CIP）数据

少年小说课 / 胡钺著. —郑州：河南大学出版社，2018.12
ISBN 978-7-5649-3616-7

Ⅰ. ①少… Ⅱ. ①胡… Ⅲ. ①小说创作－创作方法－少年读物　Ⅳ. ① I054-49

中国版本图书馆 CIP 数据核字（2019）第 000337 号

责任编辑	马元珍
责任校对	苗　卉
装帧设计	翟淼淼

出　　版	河南大学出版社	
	地址：郑州市郑东新区商务外环中华大厦 2401 号	
	邮编：450046	
	电话：0371-22825015	
	网址：www.hupress.com	
排　　版	郑州市今日文教印制有限公司	
印　　刷	郑州新海岸电脑彩色制印有限公司	
版　　次	2019 年 5 月第 1 版	
印　　次	2019 年 5 月第 1 次印刷	
开　　本	890mm×1240mm　1/32	印　张　12.25
字　　数	174 千字	定　价　39.00 元

（本书如有印装质量问题，请与河南大学出版社营销部联系调换）

给_小说_卸妆

从写作文到写小说 006
人物长着牛头马面 017
情节就是无事生非 062
环境必须藏风聚气 082

永恒缺席的老师 198
想象力是种天性 240
一身敏感的皮肤 265
源于兴趣成于执 280

上帝_的_修养

经营_微世界

选好布料方裁衣 104
重视开头和结尾 122
种植出你的语言 146
用放大镜看细节 177

给小说鉴容 310
送小说上路 335

小说_诞生后

参考书目 353
附　　录 355
后　　记 381

开课前的话

我一直期待我的孩子们,除了写作文,还能写点**"别的东西"**。

当一名教师,在我看来,也是一名兢兢业业的推销员。当浅尝过文字之美、之趣、之味,心中欢喜满足,便希望我的孩子们也能身临其中,拾一叶,掬一捧,真正摸一摸文字的温度,嚼一嚼文字的味道。

而这样的载体,当然不是语文课本或者阅读训练专刊——我选择了**小说**。

之所以选择小说,一是因为热爱,二是因为从学生时代起,我一直在尝试写作它。

我瞥见过小说世界里恢宏绚烂的一面,也体味过写作小说时痛苦孤独的一面。我爱它,怕它,怨它,妒忌它,愧对它,也感谢它。无聊时消遣过它,饥饿时咀嚼过它,愁苦时抒写过它。小说与成长的交织,已有20年。

我看到,我的孩子们也有许多热爱小说的。

作为一个经验老到的班主任，常能发现他们偷偷摸摸在书包里藏小说，打着手电在熄灯后的寝室看小说，在自习课上眼观六路耳听八方地写小说。我想，为什么不能把我们对于小说的热爱晒到太阳光下呢？为什么不能在学习之外平行发展这个爱好呢？这样一个美好的事物，它担当得起这一份份纯净的热爱。

于是有了这样一本写作拓展书。

看上去"不务正业"。但学习，我总觉得，除了目标明确外，还应有一种无心插柳，甚至是"无所求"的姿态。不要总是以"得到什么好处"为标准。**你喜欢什么，便去了解它，这总不会错。**

我们从小学就开始学习写作文。老师会让我们大段大段背诵，会告诉我们要审题，有立意，注意分段，结尾点题……种种这些，希望当你们阅读这本书的时候，都忘记。我们打开藩篱，像一页白纸，重新开始书写。

这本书会结合我自己的创作经历、同学们的优秀作品，以及他人丰富的写作经验，从什么是小说、如何写小说、小说家应具备什么素质等角度，讲一些关于小说的入门知识，与同学们一道尝试写作。

我并不期待各位读者将来都成为小说家，只希望我们持续对于小说的热忱，在应试作文之外，找到一个属于自己的时间与空间。当然，还有一种可能是，你读完了这本书，并没有真正学会写小说，却提高了写作文的水平。这也是"无心插柳"的学习姿态带来的收获和快乐。

给小说卸妆

"刹那间,仿佛有一只**柔软**而尖利的**爪子**抓住了我的心,我**慌忙**转过脸去。"

——肖洛霍夫《一个人的遭遇》

第一章
给小说卸妆

　　小说,是文学殿堂最辉煌的奇迹之一。这位超能力艺术家从人群中朴素而来,初始时默默无闻,逐渐长成了文学世界的顶梁柱。我们看到了他的坚韧、他的传奇,看到了他那勃勃的生命力。他书写着我们的时代,记录着我们的历史,刻画着众生群像,好似一面侧身而立的镜子倒映出世间百态。甚至在某些阶段,会出现那么一两部站在人类前方的小说,它们从未来伸出一只手,或冷漠,或友好,告诉你前路不可去;或者别犹豫,跟上我。

　　梁启超在20世纪初就提出:"欲新一国之民,不可不先新一国之小说。"把小说的社会效用拔到了最高。可以说,在手机智能化之前,我们习惯了把小说视为一种严肃的、审美的、有社会功效的载体。但随着时代发展到现在,随着速食文化节奏和碎片化阅读模式的流行,传统意义上的严肃文学已经在逐渐背离大众需要。好像喜欢文学、做小文艺青年成了特别适合自黑的事;好像阅读严肃文学、有文学的梦想是很幽默的事。正如王安忆在台湾中山大学的讲座上提到的一样:"我似乎有一种预兆,小说其实是在走向式微,它逐渐成为消费之一种,它原本的与物质生活相对立的性质逐渐在消失。"[1]

但我并不担心,也不打算成为悲壮的西西弗斯。我始终觉得,小说,或者说是文学,是一种非常好的对抗时间,或者说是抵达时间的载体。这种本性,我们暂时离不开。阅读的魔力就在于其中的"停顿"——它让我们从生活的纷扰中抽身、脱离,让我们站在另一个维度上,看看另一个世界,

---

[1] 王安忆:《小说家的第十四堂课》,河南文艺出版社,2016年版,第13页。

想一想另一个自己。而越是步履匆匆,越能显出这种"停顿"的宝贵。

以上,是促使我写这本书的原始动机。

这本书,我不打算单纯写成小说史的介绍,或者是优秀作家作品推荐,或者是小说理论的灌输。我尽量站在创作者的角度,在对小说做一个基本解读的基础上,和大家探讨一下我们可以有哪些写法,以及一个创作者应该具备哪些东西。

鉴于20世纪现代主义的多元性、复杂性与反传统性,并不适宜作为初中生迈入小说大门的第一道风景,因此,这本书依靠的基础小说理论通常根植于传统小说,也与我们语文课的日常小说教学相符。当然,在作家作品的推荐上,不会回避现代主义。

第一讲
从写作文到写小说

一、什么是小说

我们可能已经读过一百本小说了,但是,估计一次也没有认真思考过:什么是小说?

提到小说,每个人脑海中可能都有关键词跳出。比如"故事""好看""曲折""有趣"……对于什么是"小说",我们可能说不出它的完全定义,但并不影响我们对"小说"含义的理解。其实,我们第一次去看小说,以及逐渐熟悉小说,并不是从理解它的定义开始的,而是通过它的"故事"性,知道了它与其他文体,例如诗歌、散文的最大区别。是的,小说最大的特点就是有"故事"。

作为初中生,现阶段如何来理解什么是"小说"呢?只要了解以下三点常识就可以了:

第一,小说是文学体裁之一。各国最先出现的一般都是口头文学,例如可以口口相传的诗歌。小说则是后来逐步发展起来的。

第二,小说的基本特征主要是:"深入细致的人物刻画,完整复杂的情节叙述,具体充分的环境描写。"① 也即语文课堂上讲的"小说三要素"。

第三,小说可以有多种分类方式。例如:按照篇幅长短,可以分为短篇小说、中篇小说、长篇小说;按照创作年代,可以分为古典小说、现代小说、当代小说;按照内容题材,可以分为武侠小说(例:金庸、古龙、梁羽生的作品)、恐怖小说(例:天下霸唱的《鬼吹灯》)、言情小说(例:琼瑶的《窗外》)、历史小说(例:二月河的《康熙大帝》)、军事小说(例:都梁的《亮剑》)、科幻小说(例:刘慈欣的《三体》)、穿越小说(例:桐华的《步步惊心》)、校园小说(例:八月长安的《最好的我们》)等等。

了解了以上三点,面对小说,我们才算第一

---

① 童庆炳:《文学理论教程》,高等教育出版社,2004年版,第199页。

次真正"看"到了它。

二、小说的发展史

小说经历了上千年的发展,可谓"家底颇丰",我们现阶段不做过多了解。建议大家记住几个常识:

第一,"小说"一词最早出现在《庄子》上。不过庄子所说的"小说",是指那些不登大雅之堂的"琐碎的言论",算不上是一个专有名词,跟我们现在所说的小说很不一样。

第二,"小说家"这个词直到汉代才出现在班固的《汉书》中。他所谓的小说家,就是指喜欢把街谈巷语、道听途说记载下来的那些稗官(小官);所谓的小说,就是那些稗官对街谈巷语、道听途说的进一步编写。这个说法与现在小说的意思开始接近了,但是,内容琐碎,"其语浅薄",难登大雅之堂,而属于小说家独特的创作部分还很少。

第三,从明清开始,小说逐渐走上文人独立

创作的道路，我们所熟悉的四大名著都是在这期间创作出来的。

三、从作文的角度看小说

看了以上知识，可能有些同学会觉得小说越来越高大上，离我们越来越远了。为了更加直观地解读小说，我们不妨先从作文说起。

作文是我们的老朋友。大家写了好多年，哪怕再"神离"也至少变得"貌合"了。如果从作文的角度看小说，小说和作文是一种什么样的关系呢？

作文一般分为记叙文、议论文、说明文三大类，而以前两类最为常见。我们初中生最常写的作文就是记叙文。《我最难忘的一件事》《最有意义的一天》《对我影响最深的一个人》这种烂大街的题目都是典型的记叙文题目。然而，我们可能没有意识到，我们成天写的记叙文，其实与小说很相似。

一般的看法是，记叙文包括六要素，即：

时间，地点，人物，事情的起因、经过、结果

如果把"时间""地点"归纳为"环境"，基本就变成了小说三要素，即：

环境、人物、情节（事情的起因、经过、结果）

如果从这个角度看，我们完全可以把记叙文看成是小说，也可以把小说看成是记叙文。或者说，我们写的记叙文就是中学生写的小说。

当然，肯定会有同学说："老师，我怎么觉得我的作文就是个作文，还不够'小说'呢？"

这是因为，虽然从要素的角度看二者很相似，但，现实是残酷的——作文与小说还有一步之遥。虽只有"一步"，但这一步并不容易迈过。我们的这本小说课，就意在帮助大家最大程度地跨出这一步。

四、要敢于把作文升华为作品

一篇写得不错的记叙文，其实它离所谓"小说"的距离近在咫尺，关键在于我们敢不敢去尝试着把它变成一篇作品。

少年作家的第一篇作品，往往都有"作文"的影子。拿我自己来说，我之所以有勇气投稿，是因为当年我在《少年文艺》的"少年习作"专栏，看到了一篇穿着"小说"外套实则是篇"作文"的文章。"这我也会写！"13岁的我像被打了鸡血，立刻开工刷刷刷写了篇《Hi，弟弟们》。我这样一篇其实也有着"作文"影子的作品居然发表了，还拿了140大洋稿费（这在当年可是笔巨款）。大家想想看，假设咱们每周写一次作文，按照现在的标准一次能挣个500块，那我们的作文课肯定能咸鱼翻身，一跃成为最受欢迎的课。没错，当时这件事给我的感觉就是这样鸡血满满。我清楚地记得收到录用通知后，当晚我就把杂志上犄角旮旯的征文启事都找了一遍，苦思冥想了几个创作大计,恨不得头悬梁锥刺股连夜实施。恰恰是这样一份初生牛犊的自信与适逢伯乐的契机,开启了我的写作之路。

这几年,我发现有不少写得很不错的作文。可惜很少有同学能加工一下,把一篇作文变成一篇作品。这些同学,可能是缺少方法,或者疲于学业,但我觉得最大的可能是:你们从没有意识到——"我也可以写小说!"

现在有许多的报纸杂志都会有"少年习作"专栏,也有很多零门槛的网站,就是专门为你们开辟的,为什么不去大胆投稿呢?

可能有同学会说,要是不能发表那该多丢人呀,点击量为个位数还是我自己刷出来的该多有挫败感啊,还得装出一副故作轻松毫不在意的样子。同学们,咱们脸皮真的要稍微厚实一些。如果全世界的人都是你们这种想法,可能我们再也看不到作家和作品了。

举几个一直被用在励志作文里的例子:1797年,简·奥斯汀的父亲将她的《第一印象》投给凯德尔公司,被原封不动地退回。16年后,她凭借这本改名为《傲慢与偏见》的退稿,跻身世界文坛一员。茅盾文学奖获得者苏童在北京师范大学中文系读书时,班级里有不少人都投稿,他也在其中。但是,别人收到的都是录用函,他却一直收到退稿信(这个例子我在"新小说家"大赛演讲时曾面对着苏童本人提过,他当时笑得很开心,点评时还说,演讲就应该像胡钺这样娓娓道来)。阿来获得茅盾文学奖的长篇小说《尘埃落定》,当年写出来,用他的话说,"稍微像样一点的出版社都投过稿",也是一直被拒绝。

说我自己,虽然处女作被幸运女神垂青,但也同样遭受过不少退稿。我为此哭过,沮丧过,怀疑过自己的写作能力。《七月轮舞》写完后,由于没赶上同组的出版进度,一耽误就耽误了两年,完全不知道何去何从,甚至潜意识里已经开始否认"我写过一篇长篇小说"这件事了。但大家现在看到它出版了,它真正变成了一本书。我现在还有一本小说定稿快一年了,投了几家出版社,都没有被人家看上。我不着急,反正我还可以等上几十年。

请记住老师送你们的三字箴言："脸皮厚"。我可以负责任地告诉大家，基本上没有哪个作家在投稿之路上是一帆风顺的，但基本上所有的作家都不得不是"脸皮厚"的。

"脸皮厚"

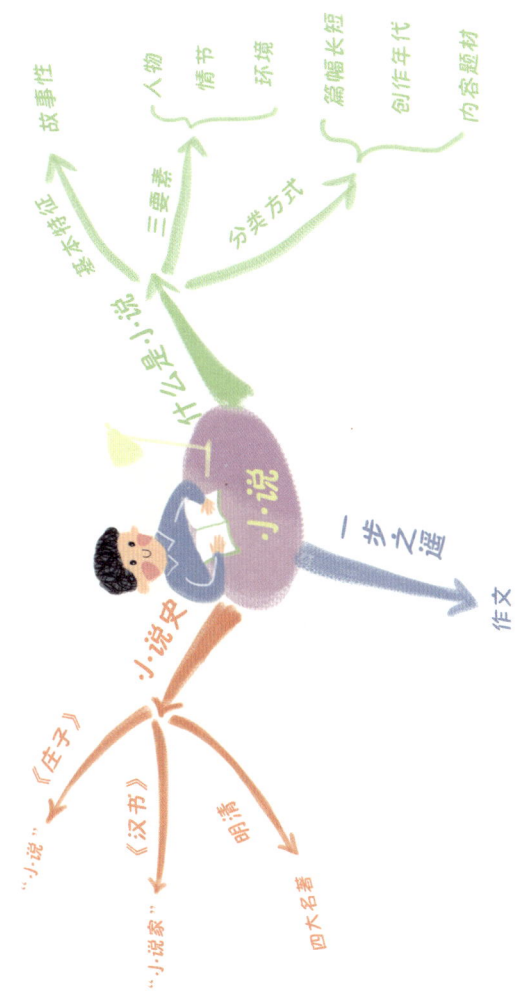

【习题与思考】

1. 你是如何理解小说的?

2. 你觉得自己写过"小说"吗?

【拓展阅读】

1. 舒晋瑜:《作家退稿记》

2. 曹文轩:《与王同行》之《小说:书写经验的优越文体》

第二讲
人物长着牛头马面

上一讲过后,可能每个人都是鸡血满满小宇宙重燃。但是,别慌,慢慢来,让我们继续拿起手中的卸妆水,轻轻擦去小说诡谲神秘的妆容,一窥其本来面目。

我们先来弄明白,小说写什么?

简单地说,小说写的就是人物、情节和环境,就是常说的小说三要素。我们语文课上是这么讲的:"小说是以刻画人物为中心,通过完整的故事情节和具体的环境描写来反映社会生活的一种文学体裁。"

这一讲先谈小说中的人物。

一、什么是人物

小说中的人物，我们常认为是"源于生活又高于生活的创造"。这里面的"高于生活"并不是刻意拔高小说。没错，小说就是反映生活的，不需要刻意拔高。能把一个人物写得原汁原味，好像就是我们身边的张三李四一样，已经很厉害了。但我所理解的"高于"是指：我们很难把生活中某一个人的所有性格、所有故事原封不动地搬进一篇小说中。哪怕在现实生活中是有原型的，在写作的过程中，我们仍然需要依靠自己的写作经验进行取舍、剪裁、挪用、拼贴、变形。

人，是小说的核心。不管作家写作的目的是什么，是讲一个精彩的故事也好，是想要传播自己的思想也好，是想炫耀新的写作技巧也好，往往都要依托"人"为主体进行展开（所谓的动物小说，其实也是在隐晦曲折地反映"人"）。一个好的作家所创造出来的"人物"，会让我们跟随着他的喜怒哀乐，让我们以为他是真正存在于这世上，和我们比邻而居，同呼共吸，甚至就是我们自己。

二、小说的人物描写

小说塑造人物的手法多种多样，"小说可以具体地描写人物的音容笑貌，也可以展示人物的心理状态，还可以通过对话、行动以及环境气氛的烘托等多种手段来刻画人物。"[①]

在这里，老师只和同学们探讨一下最常见的人物描写。

人物描写，包括肖像、心理、动作、语言描写。这一知识点是我们的考点，相信同学们都很熟悉。但是很多同学做题时会分析，却不知道运用到自己的写作当中去。

有些同学作文当中的人物相当单薄，是纸片化的，根本就站不起来。你完全可以把里面的人

---

① 童庆炳：《文学理论教程》，高等教育出版社，2004年版，第199页。

物互换，别说老少颠倒了，甚至性别对调都没问题；还有些同学的作文的确用到了人物描写，但只写对话，"妈妈说""我说""妈妈说""我说"……两个人聊完作文就结束了，给人的感觉不是在写剧本就是个"妈宝男"；也有同学说，老师，我写了心理描写啊！是的，你的确写了，"我心里跳出来一个天使一个恶魔"，"我脑海中冒出了两个声音"，"我好像分裂成了两个我"，"我心中出现了一个黑小人一个白小人"，永远都是天使与恶魔对抗然后天使打赢了，从小学三年级打到现在还没打够吗？

以上种种，如果你敢用来去写小说，那么很抱歉，孩子，咱还是老老实实去上作文课吧。

老师在这里结合一些具体的例子，把什么是好的肖像、心理、动作、语言描写展示给大家，对于如何写好人物描写，也给出一些基本的建议。

1. 肖像描写

肖像描写是对人物的外貌特征（可以细分为神态、外貌和服饰）进行描写，揭示人物的心情、心理、性格、品质，加深读者对人物的印象。

我们来看《红楼梦》对迎春三姐妹出场的一段肖像描写：

不一时，只见三个奶嬷嬷并五六个丫鬟，簇拥着三个姊妹来了。第一个肌肤微丰，合中身材，腮凝新荔，鼻腻鹅脂，温柔沉默，观之可亲。第二个削肩细腰，长挑身材，鸭蛋脸面，俊眼修眉，顾盼神飞，文彩精华，见之忘俗。第三个身材未足，形容尚小。其钗环裙袄，三人皆是一样的妆饰。

"腮凝新荔，鼻腻鹅脂，温柔沉默，观之可亲"是对迎春的刻画。"沉默可亲"和她怯懦保守的个性相符。以至于后来，读者会发现，迎春不仅仅是"沉默可亲"，简直是"沉默可欺"。读到其被丈夫孙绍祖欺凌致死的情节也就不会意外。"俊眼修眉，顾盼神飞，文彩精华，见之忘俗"则是对探春出场的特写。饱满的精神状态与她独立要强的个性也相吻合。后来面对抄检大观园时王善宝家的放肆举动，她自尊要强的反应也在情理之中了。而惜春的出场，就像她的命运一样，枯寺打坐，无欲无求，没有过多的言语形容。

当我第一次读这段描写时,有一种如睹其人款款而来的感觉,也会在读到她们各自命运的发展变化时不断回想起这段描写,能够感受到有一根线埋于其中。从始到终,没有一句闲笔。再如:

> 这个人打扮与众姑娘不同,彩绣辉煌,恍若神妃仙子:头上戴着金丝八宝攒珠髻,绾着朝阳五凤挂珠钗;项下戴着赤金盘螭璎珞圈;裙边系着豆绿宫绦双鱼比目玫瑰珮;身上穿着缕金百蝶穿花大红云缎窄裉袄,外罩五彩刻丝石青银鼠褂,下罩翡翠撒花洋绉裙。一双丹凤三角眼,两弯柳叶吊梢眉。身量苗条,体格风骚,粉面含春威不露,丹唇未启笑先闻。

一个美艳土豪的当家人形象呼之欲出。有趣的是,对于凤姐,老曹并非像写"三春"一样首先关注长相,而是在写完笑声后先写她的穿着,花了大量的笔墨详细介绍这位掌事人的穿着打扮——金丝八宝攒珠髻、朝阳五凤挂珠钗、赤金盘螭璎珞圈、豆绿宫绦双鱼比目玫瑰珮、缕金百蝶穿花大红云缎窄裉袄、五彩刻丝石青银鼠褂、翡翠撒花洋绉裙。这些装扮，读起来就觉得要被闪瞎眼了。那么老曹同志为何要这么处理呢？

一是因为作为一个大家族的掌事人，当时不满20岁的凤姐，需要倚靠这些豪华的装扮来镇场子，给下人一种威仪满满的感觉，衬托她的"当家"气质；二来凤姐本来就是一大"俗人"，大字不识一个，连作诗都是"一夜北风紧"，审美有限，恨不得把耀眼美艳的都穿身上也正常；三是此人爱财又贪婪，这种土豪的装扮也挺衬这种个性。

总体来看，凤姐就像是一个生活大舞台上的戏子。哪怕是初读，我们也能隐约感到：她呈现出来希望我们看到的东西，和她本身的样子肯定有很大的出入，也就是这个人"水很深"，"摸不透"。随着阅读的不断深入，我们感受到：再高明的演技也掩盖不了她表里不一的事实——外表像个火红小辣椒，内里却藏着北极冰川；外披绫罗锦缎，内里端坐魔鬼。

结尾的总结"粉面含春威不露，丹唇未起笑先闻"十四个字，不仅有视觉、听觉，还有隐含的嗅觉和触觉——"粉面"二字似乎还隐含一阵浓郁的香气和微热的感觉。一照面，就是一个有血有肉的大活人。

由此可见，通过对人物的肖像描写，可以让读者如见其人，如闻其声，让一个人物在读者面前"动"起来，"活"起来。

2. 心理描写

心理描写是指对人物的内心世界的描摹。心理描写具有多种多样的表现形式：

①内心独白

内心独白就是像我们写日记一样，让人物毫无遮掩地吐露自己的心声，说出他的欢乐和悲伤、愁郁和希望，使读者穿透人物外表，看到人物的内心世界。

我们来看一篇出自课本的短篇小说《最后一课》。在听到韩麦尔先生告知这是最后一堂法语课后，小弗郎士有一段独白：

> 我几乎还不会作文呢！我再也不能学法语了！难道这样就算了吗？我从前没有好好学习，旷了课去找鸟窝，到萨尔河上去溜冰……想到这

些,我多么懊悔!我这些课本,语法啦,历史啦,刚才我还觉得那么讨厌,带着又那么重,现在都好像是我的老朋友,舍不得跟他们分手了,还有韩麦尔先生也一样。他就要离开了,我再也不能看到他了!想起这些,我忘了他给我的惩罚,忘了我挨的戒尺。

这段话,就仿佛是小弗郎士本人对着我们表白自己的内心一样。同学们如果写日记写手账,可能会写一些"我今天表白被拒很伤心,觉得这场大雨都在哭我。""我等了许久许久,感觉自己老了十岁。""我今天考砸了,不敢回家,好希望我是别人家的小孩啊。"之类的话,各种倾吐衷肠,这就是在使用内心独白的手法。

我们写作文时,一般也可以把内心独白使用得很好。我们来看下面这一段:

那随风摇曳的银杏早已不见,那承载了我的童年、我的欢笑的屋子也早已不见,就连那个为我绾上青丝的人,也不见了。这是我的故乡吗?我不知道,心中沉甸甸的。

可当我又看到那把木梳时,却释然了。那片银杏树,那个屋子,那个人,其实从未离开,她们一直都在我的心中,心中最柔软的地方。

(上海中学东校初一学生耿雨妍《木梳》)

这一段是很典型的内心独白。故地重游,童年留下许多记忆的那人、那物都消失了。藏在记忆里的那个"梦中的故乡"一下变得不真实了。可当作者看见那把木梳时,她心中一下子释然了。她发现原来故乡一直都在被自己"心中最柔软的地方"承载着。以内心独白来表现意识活动,最大的优点就是能进入人物心里,将读者与主人公的距离拉到最小,阅读代入感最强。

②心理概述

内心独白,大多使用第一人称。我们接着再来探讨一下,如果是用第三人称来写呢?我们知道很多小说是用第三人称写的。作者以旁观者的身份,对人物的内心世界进行描述,这种描写就是心理概述。

我们再以耿雨妍同学《木梳》那段描写为蓝本,

把第一人称改成第三人称：

那随风摇曳的银杏早已不见，那承载了她的童年、她的欢笑的屋子也早已不见，就连那个为她绾上青丝的人，也不见了。这是她的故乡吗？她不知道，心中沉甸甸的。

可当她又看到那把木梳时，却释然了。那片银杏树，那个屋子，那个人，其实从未离开，她们一直都在她的心中，心中最柔软的地方。

这就是"心理概述"。因为是第三人称，在文本中可以不仅仅写一个人的心理，还可以关注到所有人的内心。以上面这个文本为例，甚至，我们还可以写木梳的内心：

木梳静静地躺在那里，它曾经被祖母握在手心，穿梭于发丝间，感受一日日，那手心的粗糙，那发丝的枯萎。而今，它还是静静躺着，在守候，在等待，在期盼。

这样的话，就是一个双线呼应，既关注了"我"的内心，也从物件出发，使"我"的感情有了着落。

当代小说中，像《复活》《战争与和平》那样大段大段的心理活动描写已经很少见到了。可能与当代的社会节奏太快有关。读者只想知道结局，已经没有多少耐心去慢慢体会小说人物的心路历程。但是，真诚地建议大家去好好啃一啃俄罗斯作家的大部头。尤其是托尔斯泰和陀思妥耶夫斯基的作品。他们的小说中，人物都是追求"变"的，主人公的变化之大堪比重新投胎。想呈现出如此巨大的转变而不让人觉得"假"，依仗的就是大量丰富厚重的心理描写。他思想起伏的每一个褶皱都要被关注到。就像追踪一条溪流，再多的曲折弯绕也不能断线。哪怕藏于落叶植被之下，也要让读者听见淙淙的水声；哪怕水声微弱，也要让读者嗅到潮湿的水汽。

顺便说一句，俄罗斯文学并没有我们以为的那么"又红又专"，而是深厚的、博大的、纯真的。大家可以尝试接触。俄罗斯的作家尤其关注人的内心。这可能与地域气候有关系。冬天太长，夜太长，晚上吃完饭没事做，当时又没网络，那么就读读书，做做笔记，思考思考人生，探索探索内心吧。

③心理人格化

这个方法有点类似于我们作文里的"脑海里出现了一个天使一个恶魔"的描述,就是把情绪、念头等抽象的东西拟人化,赋予它们鲜活的生命、生动的形象。

我们以一篇作文为例:

每个人的身体里都住着两个小人。一个很勤劳,当它掌控时,人就会勤劳地工作。另一个嘛,就是懒惰喽。它们之间经常会争夺控制权。请不要把它们误会成正义和邪恶之类的哦。它们都是很小很小的,小到你发觉不到它们的存在。

每个人的小人们都不一样。有的强,有的弱,但基本上都势均力敌。不过,我们的主角小K是个例外。

小K,他的懒惰小人比勤劳小人强多了。通常来说,勤劳小人和懒惰小人都是通过简单粗暴的打架来决定谁来掌控。所以,小K的勤劳小人经常遍体鳞伤。

由于身体一直被懒惰小人控制着，小K是个很懒的孩子。这不，正上着课，他就趴在桌上。桌上摊着课本，但他的目光在书和桌肚中的魔方间飘来飘去。

听课还是玩魔方，这是个问题。

勤劳小人和懒惰小人正在争夺控制权。

过了几秒，他就拿起了魔方小心翼翼地转了起来。

勤劳小人又输了。每天他都得输上几次。上次腿上留下的伤又火烧火燎地疼了起来，他忍无可忍地大吼一声："我受不了了！反正都会输！"就一瘸一拐地走了。懒惰小人得意地笑了笑。小K立即趴在了桌上，闭上了眼睛。

勤劳小人去小K的朋友小Q那里了。他去请援兵。

小Q的勤劳小人答应帮忙。

于是他们回去了。

没有了勤劳小人的小Q也趴在了桌子上。

小K和小Q的勤劳小人信心满满地向懒惰小人发起了挑战。"杀呀——"勤劳小人们冲了上去。

半分钟后他们龇牙咧嘴地摸着脑门上新添的包退了出来。

小Q的勤劳小人对小K的勤劳小人的处境表示同情。"干脆找个厉害的！"他说。

于是他们去找了学霸的勤劳小人。"你们是不是傻？现在在上课！"她说。

此路不通。

"那用人数优势压制！"

几分钟后，五六个人的头低了下去。与此同时，小K突然振奋了起来，奋笔疾书。

之后的几天，小K一直保持这种亢奋的状态。

勤劳小人终于感受到独掌大权的感觉。另外六个帮手守在懒惰小人旁防他反击。

第三天时，勤劳小人发现有些不对。小K眼睛下方出现了黑眼圈，他看起来很累。他还没想出解决方法，小K就倒在了地上。他瞪着懒惰小人，懒惰小人摊手表示无辜。

小K被送到了医院。

帮手们表示得走了，他们发现小K旁多出来了六个新病号。病床上的牌子上写着"嗜睡症"。

懒惰小人冲上来，一脚把勤劳小人踢倒在地。"瞧瞧你搞的事！"他激动地喊道。抬手还要打，被勤劳小人挡开了："旁边的人是因为只有懒惰小人才进来的！"勤劳小人争辩道。

"是啊，谁叫你把他们的勤劳小人带走了呢？没有勤劳小人，他们……"懒惰小人突然意识到了什么，他没把话说完。

勤劳小人笑了起来，"对吧？我也是不可或缺的啊。"

懒惰小人沉默了好久好久。

最后他抬起头，试探地问道："我们……别打架了吧？"

（上海中学东校初二学生沈雅晴《冲突》）

这篇作文，将"懒惰"与"勤奋"这两种状态人格化，我们仿佛能看到这两种本来很抽象的概念是如何在我们面前争执、打架、和好的。读来非常亲切有趣，让读者忍不住想去抱一抱这两个可爱的、在我们体内并存的精神状态。动画片《头脑特工队》中，莱莉脑海中的五种情绪——欢乐、忧伤、愤怒、害怕、厌恶被形象化成五个小人，他们操控着莱莉的心情，影响着莱莉的生活，也是非常典型的拟人化心理表达方式。

④肖像暗示

通过刻画人物的神态、外貌来反映人物的内心。我们常说"相由心生"。一个人的外貌气场如何，除了先天基因，与其心境有着非常重要的关联。因此，我们打量一个人的外貌，往往能够或多或少地感受到他的一些内心状态。比如他很幸福，他活得很压抑，等等。这里谈的是长期的心理状态对于一个人的外貌影响，还有一些短期的情绪变化更是能从肖像中得到充分的展现。还记得在我的学生时代，有一位很严格的英文老师，我们通常是通过她喊"class begin"时有没有微笑来判断这节课会不会好过。当然也有老师比如说我，据说上课时从来不笑，学生只能一直都比较乖。

从心理学来讲，当一个人尝试露出喜悦的表情（例如嘴角上扬、抬头挺胸）时，其内心真的可以有喜悦因子跳出。反之，当尝试表现出消极的样子（例如目光下垂、弯腰驼背）时，心情也会随之低落。我们在现实生活中不妨这样操作，告诉你们那些不爱笑的老师"您笑起来真的很美！"引导老师多笑，大家的日子自然会好过一些。

可见，从一个人的肖像中，我们能够感知到该同志的短期情绪如何，甚至是长期心境怎样。

一些有过较丰富写作经验的同学，写着写着可能会发现，我们选择怎样的心理描写模式，是由我们的写作内容决定的。比如说，写童话时，往往喜欢将心理人格化。《头脑特工队》正是基于"儿童"这一受众基础，选择了拟人化的情绪表达，使得哪怕是三四岁的孩子，也能够很快进入故事，理解这部片子究竟在讲什么。再比如，林海音在《窃读记》中描绘了她儿时因为没书读，到各个书店蹭书看的经历。在这个过程中，她又恐惧又快乐，且以恐惧忧虑为主。因此，她选择了大量自言自语式的内心独白这一方式。试想一下，在日常生活中我们什么时候会自言自语呢？当我们恐慌不安时，当我们紧张时，当我们感觉孤零零时，我们需要在这样的时刻自己安抚自己。而这些，正是幼年林海音彼时彼刻窃读时的情感体验。因此，她自然而然选择了用内心独白这一方式来刻画心理。

3. 动作描写

描写人物富有特征性的动作，叫作动作描写。

大家都知道，武侠小说离不开动作描写，没了动作就成文艺片了。但其实，我们不应该这么狭隘地看待动作描写。要知道，人的肢体语言，往往能够传递非常丰富的意思。我记得有一年去做"美丽中国"项目的实习生，里面有好多来中国支教的美国人。我会听，但表达不流畅。有一次大家一起吃烧烤，就靠几个简单的单词和句子，我和坐我旁边的人聊了一晚上，从中美差距聊到人生理想完全零距离，我觉得我都可以去考专八了。然而，真相是除了语言，你的肢体动作也是很棒的交流工具。

接下来我们通过一个例子，来感受动作描写的重要性。

我们再次请出曹偶像的大作：

王太医便屈一膝坐下，歪着头诊了半日，又

诊了那只手,忙欠身低头退出。

这句话基本是纯动作描写。讲的是贾母病了,请太医来看病。从"屈""歪""诊""又诊""欠身""低头""退出"这几个动作当中,你能感受到什么?贾母崇高的社会地位与太医心中的敬畏。

紧接着这位太医又看了凤姐的女儿大姐儿的病:

王太医听说,忙站起来,就奶子怀里,用左手托着大姐儿的手,右手诊了一诊,又摸了一摸头,又叫伸出舌头来瞧瞧。

态度也是很积极的。"忙站起来"这四个字看出来虽然对象是个小娃娃,但他也是怠慢不得的。但是,看起病来的心情与状态就不一样了。"诊了诊""摸了摸"这种动词的重叠形式表明什么?时间短暂,这和给贾母的"诊了半日"形成鲜明的对比。给小娃娃看病,明显自信从容多了。该怎么看就怎么看,不需要太多忌讳。而对待国公夫人贾母,他敢摸这位贾宅的超级大BOSS的头吗？敢叫她伸舌头给自个儿看吗？

寥寥数字，不仅刻画出其谨小慎微的个性和时而敬畏时而放松的心理，还写出了王太医虽然是太医，是给皇家服务的，但始终摆脱不了"服务员"的身份地位。再怎么牛，也是为当权者服务的，也不得不谨小慎微、谨言慎行。

这个看病的样子，和我们现在的医患关系真是太不一样了。王太医对贾母的敬畏，并非是他怕贾母这个老太太，实质上是对封建王权的敬畏。这也就从侧面反映出封建时代背景下的社会关系。

这段动作描写，不仅成功地交代了人物的身份地位（太医），反映了人物的心情心理（时而紧张时而放松），表现了人物的性格特征（谨小慎微），甚至还在一定程度上折射出当时的社会环境（统治阶级与劳动阶级）。

瞧瞧，区区几个动词，居然让我们窥视了这么多有价值的信息。

上面这两个例子，如果放在我们笔下，可能就变成"太医先小心翼翼地看了贾母的病，又顺便看了巧姐的病"两句普普通通毫无延展性可能性的话了。可见，成为偶像的道路还很漫长。

另外，还有一些动作本身就是推动情节的助力。比如两个人表面上好好的，突然，积怨良久的你忍不住扇了我一耳光，那么接下来，我们俩由表面上的高情厚谊相安无事变得针锋相对你死我活。之后情节的一连串突转就是由"扇耳光"这一动作实现的。如果这个人将来写回忆录，可以这样写："这一切，都源自于那个遥远而清脆的耳光。"

让我们总结一下，动作描写，不仅可以塑造人物（身份地位、心情心理、性格品质），可以反映环境，还可以推动情节。简直是不得了！

然而，如此重要的动作描写，却是我们所有人关注最少的。同学们的作文中，当然也会出现动词，但却缺少鲜明的特点，且描绘得极其笼统。这几个例子给我们的重要启示是：要抓住有特色的动作，进行慢镜头播放。

①抓住典型动作

我们来看这两个片段，其中一段出自我学生的作文：

炸得看上去软硬适中且用锅铲压下去会不服气地顶回去时，葱花便迫不及待地飞扑向面皮。

炸得看上去软硬适中且用锅铲压下去会不服气地弹回去时，葱花便迫不及待地落入面皮。

你们觉得哪一句好？为什么？

第一句是学生写的，第二句是我改的。显然，你们写的要比我牛。为什么？"顶"与"不服气"这一形容更切合，且将面皮人格化；"飞扑"更符合"迫不及待"这一形容，也更有人气儿。

所以说，动作描写一定要选用恰当的动词。我们作文中的人物描写往往动作相仿，陈词滥调，表现不出人物的个性特征。

比方说，表示"打"这个动作的词语就有"揍""扁""扇""拍""击""敲""碰"等，同学们在写人物动作的时候，就不能总是"我打了他一下"，打着打着你就没朋友了。可以根据当时的情况，写成"我轻轻拍了拍他"或"我猛地敲向桌子"。这样，通过准确运用动词，就能把人物的动作写得准确、具体、鲜明。

我们再举个例子：

大家去买东西，一般怎么拿钱？正常的都是"掏"，拮据的得"数"，摆阔气的"拍"，素质不佳的可能还会"丢""扔"。而孔乙己去买酒，怎么给钱的呢？"排"。在柜台上一个接一个排出九文大钱。一个"排"字，我们都能够感受到这个家伙明明穷困潦倒，却为自己能不欠钱而自得的穷酸样子。

②慢镜头回放

我们来看这段描写：

众人听了，越发哄然大笑，前仰后合。只听咕咚一声响，不知什么倒了，急忙看时，原来是史湘云伏在椅子背儿上，那椅子原不曾放稳，被她全身伏着背子大笑，他又不提防，两下里错了劲，向东一歪，连人带椅子都歪倒了。幸有板壁挡住，不曾落地。众人一见，越发笑个不住。

这段写史湘云笑到歪倒的镜头，简直就像现场直播。如果放在我们同学们的文章里，可能就变成清汤挂面一句话："史湘云笑得歪倒了。"

然后和我说:"老师,我用了动词'歪倒'啊!"

再比方说考试结束了,你知道了两门课的成绩,竟然和某某某一样,就差语文了!这个时候,心急火燎的你想去办公室问分数,于是,"敲了敲办公室的门"。敲门这一动作,其实大有写头。你是如何走到门前的?蹑手蹑脚?脚步轻轻?是如何把手抬起来的?犹豫不决?思虑再三抬起又放下?是如何敲的?轻轻地?用一根指头敲?

"敲门"这个简单的动作可以分解为如下几个小动作:走到门前,停下,举手,放下,又举手,弯曲手指,敲门。同学们往往只会在作文中呈现出步骤七,前六个动作都省略了。而能够表现你对语文老师的恐惧以及你内心的忐忑不安的,恰恰是前六个动作。

还有写篮球比赛的,有些人只会写结果:他投进去一个球。那么在投球之前,他做了哪些一连串的动作呢?奔跑助力?双脚跳起?展臂猛扑?手腕用力?而球在出手之后又是如何呢?是"唰"一个漂亮的空心,还是在球框里来回转啊转啊,转得人心尖尖都颤抖了才不情不愿地落进去?

记住，同学们，在这个环节你是在"描写"，不是"叙述"，"描写"就要尽量啰嗦，尽量没话找话，尽量现场还原。要关注到动作的来龙去脉，把一个大动作拆分成无数个小动作进行具体描写。你的手不仅仅伸到了裤兜里，你还摸到了裤兜里有一颗可爱的大白兔奶糖，不仅摸到了奶糖，还把它偷偷拿了出来，不仅偷偷拿出来看了看，还悄无声息地剥开了糖纸，不仅剥开了糖纸，还偷偷摸摸塞到了嘴巴里，这还不算完，还得用舌头把它压住，使自己的嘴巴看起来比较正常。而以上这些动作的过程，可要比"我上课偷吃了一颗糖"有趣味得多。

能够注意到动作描写的作文，往往会给我们留下深刻印象，来看这个例子：

老大娘啪啪拍了拍手上的土，又将两只手在围裙上使劲儿擦了擦，这才接过写着地址的纸条，把它举向有光的地方。她眯着眼端详了一会儿，伸出大手往前方指着，叽里呱啦说了一大堆。这样古怪的上海话让我越听越糊涂，正想另寻他法，没想到老大娘一把扯下了围裙，拉着我往那个方向飞快走去。

（上海中学东校初二学生张周悦《冲突》）

这段话的第一句，其实就描写了一个动作"接过纸条"。但是，作者敏锐地捕捉到了在"接过纸条"之前，老大娘还"拍手"，还"擦手"，她怕弄脏了"我"的纸条！这两个细小连贯的动作，一下子就让我们感受到了老大娘的质朴和热心。

4. 语言描写

语言描写，主要指人物对话。写小说，最难的就是写对话。你想想，不管你笔下是男是女，是老是少，是狗还是椅子，你都得让他们自己"开口说话"，得让读者相信"没错，女人就是这样说话的""你就是狗本人没错"。为了达到这样的效果，你得去深入揣摩各种人物甚至是各种生物甚至是各种物品的心理性情，这真是太难了！

我在写对话时养成了一个习惯，就是一人分饰 N 角，开始模拟着互相交谈，一会儿站在 A 的立场上，想着如何驳倒 B，一会儿又站在 B 的立场上，思考着 A 话里的漏洞。"他既是自己的朋友，又是自己的对手，他分别站在甲乙双方的视点上，在心中酝酿着以自己的智慧与技能致对方于死地。"①

对话要与说话人的年龄、身份、性格等相吻合。让读者愿意相信这话是他说的。我们四大名著中的人物一开口，读者就知道这说话的人是谁。如果猪八戒这么说话："猴哥，天是蓝的，草是绿的，花是红的，而师傅……又被妖精捉去了。"林黛玉这么说话："宝玉你个王八蛋，竟敢负了老娘！"读起来肯定觉得别扭。因此写小说的对话必须知道是谁在说话，用什么样的语气说话。比如叶广芩的《豆汁记》，叙述者是一个小孩：

> 豆汁饭酸馊难闻，老腌萝卜咸得能把人齁死，我吃了两口，不吃了。母亲却吃得津津有味，拿筷子点着我的碗说，吃得菜根，百事可做，人家古代贤人，一箪食，一瓢饮，在陋巷，贤人都行，

---

① 曹文轩：《与王同行》，光明日报出版社，2004 年版，第 75 页。

你怎就不行，难道你比贤人还贤？

我说我不当咸人，这老腌萝卜，看两眼就能把人咸个跟头，咬一口能给咸人当姥姥，咸人吗，谁爱当谁当吧。

这对话有趣吧？而且也符合两人的身份。母亲是"四奶奶"，身份摆在那里，拿出圣人的话来教训孩子是常理；"我"是小皮孩儿，故意把"贤人"说成是"咸人"，和"咸萝卜"还挺衬，说话也是孩子气活泼泼的，"看两眼就能把人咸个跟头"，那副顽皮样子跃然纸上。

但是我们有些孩子，在写对话时不看人物身份，写出来的语言就特别怪异。比如有一位同学写一位绣娘，绣娘说：

沈绣是我工作一生的乐土，无论如何都会坚持下去的，想让更多的人感受到沈绣这一非物质文化遗产的魅力。如果有条件还想免费教授周围的年轻人学习沈绣，把它传承下去，这也是我存在的意义！

绣娘竟然说出了这样的话，太诡异了。作为一名手工劳动者，语言应该是朴素、平实的，这种口号式的话，往往显得假。

再比如《白鹿原》里头有这么一句话："我一天从早到晚尽听奉承话骚情话，耳朵里像塞满了猪毛，倒想听人当面骂我一句哩。"这必定是一个成天和猪打交道或者非常熟悉猪的人才能说出口的话。如果是胡老师说，肯定不能说自己"耳朵里塞满了猪毛"，猪毛还真见得不多，得说"耳朵里塞满了粉笔灰"。所以人物语言一定要符合人物身份。

小说中的语言描写，通常有以下几种组合形式：

① "发语人+语言"式

这是小说最常见的一种对话形式。例如：

尹小八说："对了，肯定是他！我在树上也看见他了！"

在此基础之上，还有"语言+发语人"式和"语言+发语人+语言"式两种简单变形，即把发语人从前面移到后面，或者移到"语言"的中间。

如：

"对了，肯定是他！我在树上也看见他了！"尹小八说。

"对了，肯定是他！"尹小八说，"我在树上也看见他了！"

这两种简单变形在小说的语言描写中很常见。在一篇小说的对话中，往往几种方式交叉使用，可以让读者在阅读时，感觉不死板。

②"语言"式

这是"发语人+语言"式的省略句式，即把"发语人"省略掉。通常是两个人的对话开始后，后面还要接着对话，为了不让读者觉得每句话都出现发语人过于啰嗦，就干脆把发语人省略掉。这在小说大段对话中最常见。例如：

"你看什么呢？"秋千忽然问。

尹不懦指着文具盒："你这是？"

"这是三角板，这是量角器。"

"干啥的?"

"上算术要用的。"

"上算术还要用这些呀?"

"等上二年级,要用的。"

这段对话,因为开头两句已经交代清楚是秋千与尹不懦在对话,后面不再写"谁谁"说,读者也能知道是谁在说话,所以就省略掉了叙述者。当然,这种省略叙述者的对话,读者需要自己推测哪句话是谁说的,一是依靠对白的内在逻辑(比如这里是一人发问一人回答);二就要靠各人语言的独特性了,比如口头禅、说话语气等等。

③ "人物描写+语言"式

先看一下这三个句子:

尹小八问:"半只耳朵,是不是你当的小聪(告密者)?"

尹小八不依不饶地问:"半只耳朵,是不是你当的小聪?"

尹小八梗起脖子几乎冲到他的脸前,咬着牙问:"半只耳朵,是不是你当的小聪?"

我们比较一下，就可以明显感觉到上面三个句子对于"尹小八"的塑造效果是有差异的。一种无法压抑的愤怒感越来越强烈，如果第一句还是正常的询问的话，到了第三句，已经有种要大干一场的架势了。

④ "环境描写+语言"式

例如下面这一句：

"远呀，"秋千看着夜空。星星看上去那么清晰，却无论如何都够不着。她轻声说，"从北京到这儿，就像从这儿到天上这么远呢。"

"星星看上去那么清晰，却无论如何都够不着。"这句环境描写，写出了秋千思念北京却又回不去的无奈。

另外，在特定的语境中，小说中的对话不可过于直白，要让读者有所想象，有点嚼头。你的一句话出来，后面应该牵扯着许许多多句未说出口的话。这种以一敌十甚至以一敌百的写法，会使人物对话很有味道。《红楼梦》中这样的对话俯拾皆是，例如：

林黛玉听见宝玉奚落宝钗，心中着实得意；才要搭言，也趁势儿取个笑，不想靓儿因找扇子，宝钗又发了两句话，他便改口笑道："宝姐姐，你听了两出什么戏？"宝钗因见林黛玉面上有得意之态，一定是听了宝玉方才奚落之言，遂了他的心愿，忽又见问他这话，便笑道："我看的是李逵骂了宋江，后来又赔不是。"宝玉便笑道："姐姐通今博古，色色都知道，怎么连这一出戏的名字也不知道，就说了这么一串子。这叫《负荆请罪》。"宝钗笑道："原来这叫作《负荆请罪》！你们通今博古，才知道'负荆请罪'，我不知道什么是'负荆请罪'。"一句话还未说完，宝玉林黛玉二人心里有病，听了这话，早把脸羞红了。凤姐于这些上虽不通达，但见他三人形景便知其意，便也笑着问人道："你们大暑天，谁还吃生姜呢？"众人不解其意，便说道："没有吃生姜。"凤姐故意用手摸着腮，诧异道："既没人吃生姜，怎么这么辣辣的？"

这段选文中，所有人都是话里有话。宝钗借着《负荆请罪》的戏来奚落、嘲讽宝黛，凤姐用"吃姜"来形容三人间的微妙、尴尬的氛围。而所有的意思又不是明着说的，才会让红学家们津津乐道至今。

《七月轮舞》里我写了一对父女的矛盾。刚开始的时候，两人谁也不肯让步，父亲无言地阻挠，女儿无声地反抗。后来两人的关系出现了非常微妙的变化。这种变化我需要通过对话的形式传达出来。白描两人对话时的心理、神态、动作当然没问题，但是仍不够巧妙和精炼，我需要一种以少胜多、令人心领神会的效果。于是我让故事里天真的小女儿充当中介，向姐姐复述爸爸的话。也就是说矛盾是父亲同大女儿之间的，而小女儿只是一个中介物，起到缓和矛盾的作用。小说里是这么写的，只有四句话：

"姐姐，爸爸问你鱼里放不放辣椒？"这句是小女儿被爸爸指使，跑到姐姐待的房间问的。

于是大女儿就说："要。"

小女儿就扭头向爸爸喊道:"爸爸,姐姐说要!"

这段对话已经可以结束了,大女儿是这么想的,我也希望读者有这样的阅读期待。但是,小女儿又问了姐姐一句话,她说:"姐,爸问你放几个?"

这一段如果不加人物关系解释就是干干净净的四句话:

"姐姐,爸爸问你鱼里放不放辣椒?"
"要。"
"爸爸,姐姐说要!"
"姐,爸问你放几个?"

我觉得这样的对话能比较好地概括出人物的心理。父亲认输了,又不肯明着承认,于是他通过这种放不放辣椒的问题来讨好大女儿,明明举起了白旗却又抹不下面子亲自来问,或者说,是怕遭到拒绝不敢亲自来问,就选择由小女儿来传达。到了第二个问题,也就是放几个辣椒这个问题。父亲一定是听到大女儿没有冷冰冰地说"随便"感到很高兴,于是想进一步得到大女儿关于他们俩关系的认同。我写到这里的时候非常心酸,几乎要落泪。因为我看见父亲系着围裙在满是油烟的厨房里佝偻着腰的样子,他刮鱼鳞,剖鱼,鱼却三番五次从他手指里滑脱,鱼血溅了他一脸,鱼刺扎破了他的手指,我看见他这样谨小慎微地试图拉近父女距离,生怕一句话不对又会让大女儿扬长而去。这种没话找话的问题,几乎等同于一种卑微的请求了。他只差没有把白旗交到女儿面前说:"我输了,以后不会再管你了,我什么都听你的。"

但是这样的场景我并没有写出来,只写了对话,甚至连这对话本身都不是父亲说的。他在文本里压根没有露面,也没吱声。但是我觉得读者能够感受到被隐藏在这一小段对话背后父亲的妥协与爱意,感受到他非常细腻真实的心理状态。写这段的时候我觉得就像看《一封陌生女人的来信》的那种感觉,人物很节制,虽然内心有千言万语,但只露出了冰山一角。

记得给初一的孩子上课那会,我们讲了《石

壕吏》，里头有一句："暮投石壕村，有吏夜捉人。"那年的期末考试前，我找了几个基础比较薄弱的孩子到会议室补课。我到得比较早，坐在角落里，老远就听见几个孩子边往会议室走边大声感叹："暮投会议室，有师夜捉人啊！"于是，在他进门的瞬间，我淡淡说了一句："捉的就是你。"

还有一次，给初二的孩子讲《雁》，讲到小说的叙述视角，我问："如果这篇小说由雁的视角来讲述，会怎么讲？"结果全班一起："嘎——嘎——嘎——"

还有一次，给初三的孩子上复习课。我说："作文素材积累好，下周拿给我面批，面批不好就面批。"结果全班立刻心领神会："双关！快记下！"

这些，如果能够用到校园小说里，真的会成为非常幽默、生活气息十足的对话。我常常佩服一些人临场应变的能力，总会暗自叹服："怎么就那么会说！""怎么就能想到这么妙的回应！"自己想不到怎么办呢？那就不妨把平时听到的一些机智的对白记录下来。你记录下千人千语，渐渐地，自然也会摸索到千人千语。

三、提取人物身上最大的亮点

我们都知道,小说中的"人"并不是真实存在着的,而作者又偏偏希望我们能相信这个"人"是真实存在着的。于是,他们尽量把"人"写得逼真,有血有肉,切合心理逻辑,好像我们真的在哪儿见过似的。

那么,小说家们是如何找到这个新"人"的呢?

以生活中多个原型为主,加以想象、变形、虚构,从而创造出一个新"人",这就是鲁迅说的"杂取种种人,合成一个"的方法。巴尔扎克说:"为了塑造一个美丽的形象,就取这个模特儿的手,取另一个模特儿的脚,取这个的胸,取那个的骨。"鲁迅在《我怎么做起小说来》中也说:"人物的模特儿也一样,没有专用过一个人,往往嘴在浙江,脸在北京,衣服在山西,是一个拼凑起来的角色。"至于为何要选取这个模特儿的手,要选取北京的脸,那自然是因为这个模特儿的手比那个模特儿的有特色,而北京的脸也比其他地方的脸有特色。

我的小说《七月轮舞》中的雷白柠就是一个"拼凑人"——她的名字来自我高中同学的大学同学的女朋友（我曾在她的寝室借宿一晚，觉得这名字真好听，当场就默默记在小本本上了），她的一件带有樱桃的衣服来自我一个好朋友，她和小象的恋情来自我的姐姐，她的部分心绪剖白来自我的日记。至于为什么要这么拼凑，那自然也是因为我选择的部分最有特色，比如我也想让这个拼凑人叫我的名字"胡铖"，但是，估计名字一出来，所有人都以为是个彪形大汉，对这个虚拟的姑娘生不出来亲近感。

每个人，都有阳光的时候和忧郁的时刻，有成熟的一面也有幼稚的一瞬。每个人的性格都是多面化的。但是写短篇，我们无法全面展现出这个人物身上所有的特点，这就要抓住他身上最有特色的标签。也就是把他扔进人群里，我们是通过什么一眼认出他的。是他那疯狂的笑声？锃亮的脑门？瑟缩的身体？独特的味道？总之，因为"这一特点"，我们很容易分辨出他，我们要抓住的就是"这一特点"。

有一次作文训练，老师们出了这样一个主题：描绘彼此。课前让孩子们自发选好同桌，坐在一起，然后在课堂上给大家五分钟时间，仔细地观察彼此，并描绘出他（她）的样子。

具体要求是：

1. 找一个搭档，座位换到一起；

2. 彼此毫无顾虑地观察对方（不许笑！），记住对方的脸形、眼睛、鼻子、嘴、耳朵、发色、发型、眼镜、衣着，甚至是脸上的痣、皮肤的质感、侧脸的弧度、睫毛的长度以及神情、动作等（2分钟）；

3. 闭上眼睛回忆搭档给你印象最深的特点，然后不做任何评判地描述（3分钟）；

4. 彼此交换所写（选做）。

在孩子们互相打量的过程中，我会听到他们小声说："你发际线原来这么高""你脸上好多痘啊""你怎么不敢看我""我第一次知道你竟然长这样"……

"我第一次知道你竟然长这样"这句话很有意思，同窗三年，又是自发选的同桌（必然关系很好），难道我不知道你长什么样？只是我们很少有机会能够这样堂而皇之地互相打量、认真看着对方罢了。

在之后的作文中，老师们发现，很多学生都有意识地抓住了对方身上最大的"亮点"。有同学写："最引人注目的是那对135度角的眉，有个尖尖的小角。她习惯性地挑眉、皱眉、将眉毛打成一个结。可以说，她所有的喜怒哀乐都融入进这对眉毛中。""她的额前一直有一点没梳进去的头发，她围围巾也不像别的女孩那样细心摆弄，而是胡乱绕两圈，有时拖到地上也不自知。我不时地帮她提着后面拖着的围巾，免得她自己绊一跤。'对自己好点啊！'一次她又险些摔倒后我对她说，她也只是大大咧咧地一笑，又把围巾随意往肩上一搭。"还有同学抓住了对方的"小胡子""眼镜"等特别突出的东西，在之后写素材时总是提起，形成呼应之势。

我们可以做一个小练习，大家现在回忆一下你的同学和老师，是不是每个人一出现在你脑子里，就会有相应的关键词跳出？我教的初三班级一想起我就是"合上!"因为复习课几乎节节要默写;想起数学老师就是"数形结合,一题多解";想起英文老师就是各种"痛心疾首";想到体育老师就脚软……不论是"合上"还是脚软,都既能反应学科特点,又能体现老师的上课风格。如果大家能抓住一个人物身上既能体现社会属性又能反映性格特点的标签,你笔下的人物一定会给读者留下鲜明的印象。

最后建议大家,初写小说,人物不要太多。多了,弄不好会出现完全可以合并的雷同形象;或者人物太多导致笔力分散,刻画单薄。人物越少,对新手来讲越容易集中笔墨来塑造。要尽量让每个人物有个性,一般来说,短篇小说中的人物都要有一定的角色担当,比如"小丑"角色(负责搞笑,活跃气氛),"幕后黑手"角色(阴谋制造者),"超人"角色(普通人的英雄梦想),"炮灰角色"(为什么牺牲的总是我)等等。

【习题与思考】

请找一篇写过的文章,运用所学,修改其中某个人的肖像／心理／动作／语言。

【拓展阅读】

曹文轩:《与王同行》之《对话的基本方式:颠覆》

第三讲
情节就是无事生非

可能很多同学最开始被小说吸引，是因为觉得"故事"好看、有趣，急于知道这个人最后死没死，那一对分手没分手。

其实，这些，都是小说的情节。

情节对于人物是起到支撑作用的。流动着的情节，展现出人物性格的发展变化。比如说我第一年当老师的时候，我们学生叫我"猫咪老师"，第四年就变成"母老虎"和"female tiger"（我说还可以叫母大虫）。从猫咪到老虎，虽然都是猫科动物，但很显然，大家都能够明白胡老师经历了什么。是什么改变了我？是什么重塑了我？假如没有经历过西天取经降妖除魔般的故事情节，我的人物形象肯定是固定不变的。

在现代小说中，很多时候作家是刻意淡化情

节的。比如卡夫卡的《城堡》。如果你想去读《城堡》的情节,很抱歉,你会读得无比痛苦。因为它的情节真的好少好少,而且非常散。再比如伍尔夫的《墙上的斑点》。我可以一句话告诉你,这篇小说写了一个"我看到墙上有个蜗牛"的故事。然而,她写了将近6000字。如果我们仅仅追求读情节,大家肯定会有一种"我可能读了一篇假小说"的感觉,有种完全被作家耍了的感觉。不过,就像我们之前所说,现代小说流派太多了,写法太多了,反传统的东西也太多了,往往令人眼花缭乱。我们在这里不做过多探讨,还是按照传统小说的写法来讲。

一、什么是情节

情节,简单来说,是一系列具体事件的发展过程。(情节不同于故事,但在这里不做区分。)

语文课通常把情节分为开端、发展、高潮、结局。我们在这里,把这种划分方式作为小说情节的基本模式,而非绝对权威。

写小说初入门阶段，我们只需要了解情节的三种运行方式：

1. 基本模式：开端—发展—高潮—结局

这是我们初中记叙文的事件基本发展模式。有些长篇小说，前有序幕（引子，楔子），后有尾声。这样的小说运行模式，是我们最熟悉的，读起来也最省力。在这种基本模式之上，又可以有"倒叙"和"插叙"两种模式，这两种也是我们的考点，在此不再赘述。

2. 肯否交叉模式

比如说，一个人要达到某个目的，通过努力，眼看要成功了，这就是肯定，可是忽然出现一种意想不到的情况，功败垂成，这就是否定；再通过努力，眼看又要成功了，这就是再肯定，可是忽然又出现一种意想不到的情况，再次前功尽弃，这就是再否定。总之通过肯定——否定——再肯定——再否定——再肯定——再否定……最后才能达到目的。有点像同学们打游戏，突破重重阻碍眼看要成功，全身都兴奋起来（肯定），结果最后一个点没卡准战死了（否定）。这点"即将成功的兴奋"调动着大家进行下一轮的攻克，如此循环。

回忆一下我们看过的传统小说，是否有许多情节都是按这个套路来设计的？

许多爱情小说最喜欢这样的情节。譬如，一对情投意合的人眼看就要在一起了（肯定），结果因为战争分开了（否定），战争进行了一半两人突然相遇了（再肯定），结果又因为各自任务在身，不能相认（再否定），战争结束后两人终于返乡（再肯定），与此同时男同志的昔日搭档也来投靠男同志，爱情进入一个两难选择，女同志不忍为难对方再次背井离乡（再否定），若干年后，女同志再次返乡，发现男同志一直孤身一人在等待她（再肯定），女同志潸然泪下，忽然从人群中走出一个少年，拉着女同志的手关怀："妈，您怎么了？"（再否定）男同志瞬间明白了，正打算离开，又听到那少年说："妈，我答应过爸爸，一定会替他完成您的心愿，您别难过了，爸爸在天上看到，也会伤心的。"（再肯定）……

还有很多侦探类小说也喜欢使用这一情节模

式,每次于毫无头绪(否定)中发现新线索(肯定),都以为已经接近了事件的真相,后又发现并非如此(再否定)……如此循环,让读者在兴奋与失望这两种情绪间交替前行,最终抵达真相。

金庸的武侠小说中也有大量运用。他笔下的主人公,总是会一次次陷入困顿(否定),又一次次遭遇奇迹,把他一下子从死亡线上救了下来(肯定)。接着,他又陷入下一个困境(再否定)……如此一波接着一波往下发展,主人翁总是摆脱不了大灾大难的命运,让读者一直为之牵肠挂肚,甚至寝食难安,他却又总能在最后关头死里逃生。作家一般不会一否到底,那样他只能去塑造一个倒霉蛋,在对小说人物进行一定程度的打击后,一定会给予肯定,要让人物在熬过苦难后得到一定程度的提高和升华。

运用此模式,故事在曲折中不断向前推进。阅读这种模式写出的小说,最大的快感就是我们急于知道后文,在抵达结局的路上一波三折,兴致难减。

3. 反转式

传统小说中，有时作家在讲述故事时会选择一种含糊其辞、遮遮掩掩的态度，并利用小说中的人物或气氛不断误导大家。读者第一遍读时，会按照作家的预设一度以为情节就是这样的，但随着情节的推进，会出现一次，甚至数次大反转。一个人物，读者一会儿觉得是好人，一会儿又觉得是坏人，一会儿又觉得是好人……一件事情，读者一会儿觉得应该是这样，一会儿又发现竟然是那样……反转式的情节极富吸引力，因为它打破我们的思维惯性，让我们在不知不觉间惊呼"上当"，不得不进行第二次阅读，去认真对待细节，找出行文过程中一丝一毫的伏笔与暗示。

例如欧·亨利的《二十年后》，不到文章结尾，我们猜不出谁才是真正的杰米，而读过结尾再来看前面，又会发现大量的铺垫和伏笔。假杰米"穿着一件黑色的大衣，衣领向上翻着，盖住了耳朵"，这是在尽量掩盖自己的容貌。"你的变化很大啊，杰米，我从来没有想到你会长得这么高，好像高了两三英寸"，这句话则是在暗示来人并不是杰米。

再如《哈利·波特》中写小天狼星的部分。我们第一遍读，总把他当成十恶不赦的通缉犯，背叛了至交好友，制造了惨绝人寰的杀戮，然而读到结局才发现，这居然是个圣母玛利亚式的大好人，所谓的杀戮完全是恶毒的栽赃，不光小说里的人物"误解"了他，连读者在第一遍阅读时也顺从罗琳的设计，顺顺利利地"误解"了他。

"反转式"的情节，后半段是对前半段的否定，会带来一种360度旋转般的、非常戏剧化的阅读体验。但在使用时一定要埋好伏笔，使得反转既出人意料，又符合故事的基本逻辑。

二、情节中的冲突

"幸福的家庭是相似的，不幸的家庭却各有各的不幸。"这句托尔斯泰的名言，可以说是放之四海而皆准。它基本阐明了小说创作的"偏好"。是的，那种顺风顺水万事如意的生活，并不是小说家的菜。我们偏爱的是矛盾，是冲撞，是对立，是戏剧性。作家不停地设置各种障碍，让主人公"步步惊心""处处留情"。

"小说家要让小说'出事'——不住地出事。小说家都是一些'居心不良'之徒,唯恐天下太平、唯恐天下不乱。古往今来,小说一直着迷于横祸、灾难、误解、劫持、挫折和与幸福擦肩而过的遗憾……没有事还要闹出一点事来,有事则更会'落井下石'、推波助澜。"[①]

写小说的人总是不想让读者轻易地看出人物结局,总是不断地设置障碍,就像《西游记》,我们完全可以用一句"写了唐僧师徒西天取经的故事"来概括它,但他们是如何取经的、取经的路上遇到了什么恰恰是这部小说的最大看点。作者不断地给唐僧师徒设置障碍,白骨精啦,盘丝洞啦,连几个徒弟猪八戒、沙和尚一开始也是此次行动的阻碍者。甚至作者还要写师徒的内部矛盾,唐僧动不动不信任孙悟空给他念咒,孙悟空动不动生出"老子不想干了!"的念头。总而言之,就是不能让他们顺顺利利跟旅游似的就取回了真

---

① 曹文轩:《与王同行》,光明日报出版社,2004年版,第110页。

经,那样的话还写啥?

没有矛盾就没有故事。试想一下,如果只写开开心心的情节,最多支撑个几千字就必须得结束了。因为"幸福是相似的",实在是没什么"写头"。你们回忆一下,你们读过这样一类故事吗?一个人含着金勺子出生,然后考学一帆风顺,然后娶了一个漂亮老婆,然后生了一双可爱儿女,然后事业有成造福人类,然后颐养天年,然后寿终正寝,这还不算完,最后还升入了天堂或者投了个好胎,下辈子也笑傲世间,管你几道轮回都能顺风顺水、万事大吉,四海八荒无可匹敌。

我想没有小说会这么写的。这种故事就像一场白日梦,梦醒了,你想表达什么呢?电影《夏洛特烦恼》里的夏洛白日梦了一大场,各种顺风顺水,但这一段生活也是被整个现实生活的洪流所包裹的,没办法单独拎出来看。

恰恰是在矛盾与冲突中,你才能真正写出你想表达的。比如说,你写一个人是含着金勺子出生的,但是呢,可能怀才不遇屡试不中,反映了理想和现实的矛盾;也可能一考即中,却娶了一个糟心的老婆，反映了两性关系的艰难；也可能娶了一个心灵相通的老婆，但又生不出来孩子，反映了对于人类繁衍的困惑等等。

也恰恰是在矛盾与冲突中，你才能让笔下的一个个人物或被人爱，或被人怜，或被人恨，或被人妒。才能自发牵引出读者的七情六欲，使之或悲悯，或叹惋，或庆幸，或恐惧……《红楼梦》里贾宝玉与林黛玉的爱情为何总是牵动人心？因为太艰难了，爱情何其微茫，而命运又何其曲折！小说作者总是一会儿让读者最不愿看到的事情发生，一会儿又让读者意料不到的事情出现，千方百计增强读者的代入感，使人读之落泪，见之伤怀，形成强烈的心灵感应，甚至在掩卷之后仍久久徘徊于"造物弄人"的喟叹之中。

用一句话总结我们常常读到的故事：哪怕你是神仙，也有神仙的烦恼。也就是说，小说家的笔下必须处处有"不顺"，才能使他的小说"顺利"。

同学们如果想学习如何加强小说的戏剧性，也不妨读一读剧本。比如《雷雨》《半截蜡烛》等，了解一下戏剧中的冲突。如人与人的冲突、人与自然的冲突、人与社会的冲突、人与科技的冲突等等，看一看剧本是如何在最小的空间最短的时间内使所有矛盾集中爆发的。

三、情节的逻辑性

通常来说，好看的小说都有一个好看的故事。而一个精彩曲折的故事，往往需要作家在动笔前做充分的构思，以保障故事的基本逻辑是通的，设置的疑惑是能够自问自答的，生发出来的感慨是能够自圆其说的。

现在，出现了大量靠情节取胜的网络写作。故事发展特别跳跃，总是生生死死，一个阴谋接一个阴谋。但这类小说有时只关注情节去了，在艺术性上有所忽略，甚至出现了为了曲折而曲折的别扭现象，逻辑欠缺，"说不通"。小说创作只剩"讲一个怪故事"的时候，作者就该反思创作的初衷了。

如果不加以限制，其实很多孩子都挺能编，基本是张口就来，提笔就写。但是，文章一出来，完全经不起推敲。小说家在编故事情节时，都会梳理好故事的前因后果、来龙去脉。一个有经验的作家，他笔下每个人物的命运都是符合逻辑发展的。一个人会死，他会多问自己几句，为什么这个人会死？一点生存的可能都没有了吗？为什么就得死在这一刻？为什么就非得是这种死法？他死了之后怎么办？……凡此种种，他要做到瞻前顾后、畏首畏尾，该交代的基本情节全部都要到位。

记得有一次，我外出去批改初三第一次模拟考的作文，上来看到第一篇作文就很为难。那次的作文题目是《慢慢地，学会了欣赏》，这位同学写了一篇小说，情节是这样：有一次，同学 A 找我借钱，我不肯借，第二天，我看到学校门口的巷子里，几个人在群殴 A，我忙过去看，一问才知道，原来 A 的父亲欠下了巨额赌债，母亲跳楼自杀了，这群债主总来找 A 的麻烦。我此时明白了 A 为何要借钱，于是主动提出借钱给他，但他说："不，一人做事一人当，我自己想办法还钱！"我感动极了，发现了 A 的仗义，我欣赏他的仗义！

这篇小说设置了一个突转的情节，这个没问题，关键是，前后信息不对称，不符合生活逻辑。其一：A家里有了麻烦，为何不去求助于老师、警察，而要来找"我"这个未成年人借钱？其二："我"作为未成年人，能有多少钱，怎么帮A还"巨额赌债"？其三：A的父亲去哪儿了？他的爷爷奶奶外公外婆其他亲人呢？文中没有交代。其四：明明前一天A还想找我借钱，怎么后一天又不要钱了？是什么促使了他内心的转变？按理说被打了一顿，应该更想赶快借到钱呀，这明显逻辑不通。其五：A决定自己去弄钱，怎么弄？……

显然，这篇小说在情节上是失败的，它漏洞百出，无法自圆其说。

我们再来看一篇被选入《初中语文教与学·阅读》里的短篇小说《七张纸条》，这本书可以说是上海初三学生中考复习的必备资料，板块明确，知识点清晰，但选文依然是良莠不齐的。

暴风雪袭来时，卡车却在茫茫戈壁滩中抛锚。天地间霎时昏暗混沌，只剩下狂风、雪尘与彻骨的寒冷。似乎连空气都冻成冰刃，嘶嘶叫着，从每个人的脖子上划过去。七个人缩在狭窄的车厢里瑟瑟发抖，血和呼吸仿佛早已凝固。死神一步步迫近，每个人的心里，都有了恐惧。

这是一个很小的剧团，要去戈壁滩的深处慰问一支驻扎部队。七个人里，年纪最大的四十二岁，是团长；年纪最小的十八岁，是剧团新成员。他们是一对父子。

七个人在暴风雪里坚持了一天一夜。周围除了风雷，连飞鸟都见不到一只。天气越来越恶劣，死神近在咫尺。

又熬过一天。风雪仍然肆虐，世界只剩一辆被埋了半截的卡车。所有人都知道，假如黄昏以前仍然没有人发现他们，他们将会无声无息地冻死在夜的戈壁滩。

终于决定让一个人离开，徒步走进暴风雪中寻找救援。这是他们最后的希望。假如运气好的话，那个人可以找到救援队并顺利返回，这样他们就能够得救。团长宣布完这个决定，静静地看着所有的人。

没有人主动站出来。谁都知道一旦离开车子，生命会脆弱得如同高空中落下的鸡蛋。留在车厢里生还的机会，远比一个人在风雪中独行要大得多。可是必须有人走出去——或许能找到救援。

车厢里死一般静。每个人都面无表情。团长看看儿子，儿子急忙低下头——他的身体是七个人里最好的，是寻找救援的最好人选。团长说，现在必须做出决定，选到谁，谁就走出去。

"那么大家写在纸上吧，票数最多的人走出去。"他掏出一张纸，撕成大小均匀的七张纸条。他将纸条分别递到各人手里。大家用冻得僵硬的手在纸条上郑重地写下一个名字，然后将纸条小心地折好，交回团长。

团长将七张纸条依次打开，表情越来越严峻。纸条全部看完，他长叹了一口气，把纸条递给他的儿子。他说，大家的意见，改不了。

儿子从父亲手里接过纸条，一张一张慢慢地看。看完抬头，看父亲一眼，再看其余每个人一眼，然后推开车门走了出去。他没说一句话，表情很是悲壮。他深知走出车厢意味着什么。狂风裹挟着雪尘刹那间涌进车厢，车厢里的温度骤然变得更低。再寻找他，风雪里只剩一个越来越小的暗灰色影子——他在瞬间将自己淹进雪的海洋。剩下的六个人缩在卡车里，开始了一生中最漫长的等待。

他们还是得救了。不是因为团长的儿子领回了救援人员，而是因为暴风雪终于过去。救援直升机在空中发现了他们抛锚的卡车。又在三个小时以后，在雪地里找到了团长的儿子。他走出去很远。那绝对是别人不能够达到的距离。他努力了，可是没有用。他不是神，他只是一位十八岁的少年。人们没能将他救活。

整理遗物的时候，人们在他的口袋里发现七张对折的小纸条。七张纸条上，写着七个不同的名字……

这篇文章后面出了这样一道题目：小说结尾又提到"七张纸条"，这样写有什么作用？

这道题目的答案是：照应前文，揭示真实情况，突出父子甘为他人做出牺牲的品质，也赞扬了车上其他人的自我牺牲精神，具有令人回味的艺术效果。

很显然，编者把"七张纸条出现七个名字"这一情节理解为七个人都写了自己的名字，由此才能看出每个人都具有献身精神。

我在讲这一篇的时候，问我的学生们，如果按照这个答案来倒推前文，有没有逻辑漏洞？孩子们很快指出：

漏洞一：既然大家都是勇于自我牺牲的人，为什么在团长问谁去寻求救援之后，"没有人主动站出来"？不该是大家争先恐后地说"我来！"吗？

漏洞二：既然团长很清楚儿子的身体"是七个人里最好的，是寻找救援的最好人选"，且在最后也的确把这项艰难的任务交给了儿子，那么在写名字的时候不应该写儿子的名字吗？这样的话儿子就有两票，自然而然该他去寻找救援。可是最后结果又是七个不同的名字，难道说父亲写了儿子的名字，而儿子写了父亲的名字？

最后大家一致认为，这篇小说编得很不好，

情节漏洞太多。相信作者和编者一样，都是想表现"每个人都有牺牲精神"这一主旨。但是，他非但没有在前文安排恰当的伏笔，还设置了一些明显与后文矛盾的情节。如果我是出题人，可能会顺着这一逻辑漏洞来出题，这样更能考察大家对于小说的理解。

我在写作幻想小说《分岔路上遇见你》的时候，设置了一个妈妈的少女形象出现的前提——只有妈妈跟我的联络接通时，比方说她打电话或者寄包裹或者来看我了，我才能看到妈妈的少女形象。于是，文中的数次相遇我都严格遵守这样的设定，都会在相遇的前后安排妈妈的讯息。故事内在的逻辑架子千万不能倒，情节要尽可能追求零漏洞。

这个时候，我们可能需要大致罗列一个纲领，列出来故事发生的一些关键点，以保证自己不会被自己绕晕。因为动笔的过程往往是漫长的，我们需要这样一些提示来使自己手中的笔不会跑偏。

情节就是：

无事生非

【习题与思考】

回忆一下,你读过哪些或者想过哪些冲突意味明显的情节?

【拓展阅读】

1. 欧亨利:《二十年后》
2. 曹文轩:《与王同行》之《危机与阻迟》

第四讲
环境必须藏风聚气

一、什么是环境描写

　　同学们都知道环境描写是指对人物所处的环境进行的描写，可分为自然环境和社会环境两类。自然环境是指小说中的自然现象状况，比如春夏秋冬、风雨云雪、桑木竹茶、花鸟虫鱼等；社会环境描写指的是对时代、背景、社会关系等的描写。

　　以上是我们小说板块的重要考点。有一次上海市的中考命题老师给我们初三老师开会，他说：只要考小说，肯定要考环境描写，甚至有些文本里明明没有环境描写，为了考察的全面性，命题人也会自己加一段环境描写进去来出考题。这说明，环境描写对于小说而言是很重要的事。

　　对于环境描写，我们并不陌生。上小学时，

我们就开始仿写了，可能有些语文老师还让大家背过。现在，不少初中生写作文时对环境的描写都是有意识的，文笔也很有灵气。但可能很少有同学会思考：写小说为什么离不开环境？

在小说中，大到写一个国家、一座城市，小到写一所学校、一个家庭，都必须有可以产生人物和情节的时间和空间。传统小说，往往以刻画现实生活为己任，比如《红楼梦》就是封建社会的百科全书，巴尔扎克的人间喜剧则反映了资本主义社会的世间百态。到了20世纪的现代主义小说，发生了巨大的变革，往往更加关注人物的内心世界，而不再在意小说是否能够反映外部生活，不追求所谓的"真实感"，甚至认为文学就是"用语言来弄虚作假"（罗兰·巴尔特语）。

我们在这里，还是以传统小说为出发点，也就是认为小说应当以刻画现实生活为己任。在这个大前提下，环境描写的必要性就显现出来了。

比如，我们要写一个学生刻苦读书的小说，如果既没有农村或城市这个大空间，以及学校、教室、课桌、操场、道路等这些小空间，又没有古代或当代，以及早晨、上午、中午、夜晚等这些时间概念，这个小说肯定没法写了。哪怕是穿越小说，人物也需要在一个作家设定好的特定时空中活动。可见，小说的人物和情节都离不开具体的空间和时间。

简单来说，小说中的环境是对现实环境的复刻、挪用、模拟和再创造。例如前面说的，我们要写一篇学生刻苦读书的小说，就可以借用自己熟悉的学校环境。操场是我们参观过的某所大学的操场，学生宿舍是我们学校的宿舍，艺术楼是小学的艺术楼，实验室是妈妈工作的实验室……在大致的拼贴之后，还可以根据情节的需要进行增、删、变形。比如说我们的男主人公在埋头苦学之余，他还喜欢观测星星。那么作为小说家，就需要给这所学校"盖"一座天文楼；女主人公喜欢喝奶茶，且就是在有一次买奶茶时遇见了来换零钱的男主人公，那么在学校的周围，就要"搭建"一个奶茶铺，使得"相遇"这一情节能够在文本里立住脚。如果需要有小组教学的情节，那么教室里的桌椅摆放就不能是一排一排的，而要是五个一组围成圈……

总之,我们要虚构一个使人物的活动和情节的展开都能顺利进行下去的环境。在这一过程中,作家就像一个伟大的建筑师,这里敲敲,那里打打,这里抹掉重建,那里搬起一座大山,该有水的地方水得是清亮亮的,该有坑的地方坑得是黑黢黢的……先苦心经营起一座空城,单等人物到齐,便要上演一出好戏。

二、环境描写要尽量客观

自然环境描写包括景物、天气、季节等方面。自然环境描写对人物形象的烘托、气氛的渲染、情节的发展,甚至主题的揭示都具有一定作用。

同学们都喜欢在作文中用一些自然环境描写来提高语言分。

譬如下面这一段:

流淌着蝉鸣的梅兰山不高,远处看时只望得见遍山参天的松树。雨后的山上弥散着潮湿泥土和浅绿色草叶的清新味道，黑色树皮软软地贴在修长细直的树干上，感觉空气里的水汽会随着一次深呼吸彻底地把心脏肺腑清洗一遍。

（上海中学东校初一学生章正《奶奶和梅兰山的水》）

这一段，写夏季的梅兰山雨后初霁的环境，给我们展现出一幅似乎流动着的风景画。同时，我们也能够感受到作者隐藏在环境背后的心境——美妙、愉悦、放松。作者其实是把她的主观情感投射到了这些客体上。

这也是我们写作文时常常做的，但有一点需要注意的是：这种把主观色彩投射到客体描写中的作法，在小说创作中切不可表现得太刻意。不要我看到花红柳绿是因为我考试考了 100 分，而要开家长会了则是出门遇红灯，走在路上觉得鸟也在笑我，花也在气我，连空气都想噎死我。如此刻意的环境描写，不仅显得幼稚，更会大大降低作品的真实性。

传统小说究竟是如何恰当使用环境，来烘托

人物心情和渲染气氛的呢？就是尽量使小说的描写显得很客观。哪怕作者的确是想传达某种情绪，也很委婉，很含蓄，通过看似客观的描摹，自然而然地把读者带入到他想要表达的情绪中去。讲到这里就不得不再说一说曹偶像的写作功底，例如他写秋的凄凉：

不想日未落时，天就变了，淅淅沥沥下起雨来，秋霖脉脉，阴晴不定，那天渐渐的黄昏时候了，且阴的沉黑，兼着那雨滴竹梢，更觉凄凉……

哪怕不加最后半句"更觉凄凉"这种主观性的评述，你也会觉得凄凉死了。因这变天是"不想"的，超出了我们的主观预设，是在"日未落"时的，大好晴阳不能善终，总让人觉得不痛快；这雨是"淅淅沥沥""脉脉""不定"的，是我们把握不了的；天色是"渐渐黄昏""阴的沉黑"的，有一个越来越暗的变化过程。而"雨滴竹梢"这四个字，一看就有股说不出道不明无端无缘的惆怅。试想什么样的人才会关注到这样一番景色？他必然内心是收敛的，情绪是低落的，才会与那个"更觉凄凉"的"更"字形成呼应。

这样,"我"的情绪与自然景物相唱相和。小说家借助对于自然的描写,把叙述者和读者都带进更深沉的情绪体验中,自然景物同故事本身形成了一种非常紧密而巧妙的关系,这样的环境就有了象征的意味。它甚至可以暗示主人公的命运,昭示故事的结局。

《红楼梦》中这种把自然景物象征化的写法俯拾皆是,再如这段大名鼎鼎的宝玉叹杏:

> 只见柳垂金线,桃吐丹霞。山石之后,一株大杏树花已全落,叶稠阴翠,上面已结了豆子大小的许多小杏。宝玉因想道:"能病了几天,竟把杏花辜负了。不觉已到'绿叶成荫子满枝'了。"因此,仰望杏子不舍。又想起邢岫烟已择了夫婿一事。虽说是男女大事,不可不行,但未免又少了一个好女儿。不过两年,便也要"绿叶成荫子满枝"了。再过几日,这杏树子落枝空;再几年,岫烟未免乌发如银,红颜似槁了。因此不免伤心,只管对杏流泪叹息。

这里，曹雪芹通过宝玉的视角，写出了对红颜易老、韶华不再的感慨。"杏花结子"的景象便有了象征意味，而"子落枝空"的感慨，也成了命运的暗示。

再如麦卡勒斯的《婚礼的成员》，一上来就把弗兰淇放到小镇的自然环境中去：

一切从弗兰淇十二岁时那个绿色、疯狂的夏季开始。这个夏天，弗兰淇已经离群很久。她不属于任何一个团体，在这世上无所归附。弗兰淇成了一个孤魂野鬼，惶惶然在门与门之间游荡。六月的树有一种炫目的亮绿色，但再晚些时候叶子就变得发暗，小镇也黑下来，在太阳的烈焰下皱缩成一团。起初弗兰淇还四处走动，干这干那。镇里的人行道在清早和晚上灰扑扑的，中午的太阳为它们上了光，水泥路面仿佛在燃烧，闪亮如玻璃。最终人行道烫得让弗兰淇难以下脚。她老给自己惹麻烦，她私底下的麻烦是那么多，觉得还是待在家里为好——家里只有贝丽尼斯·赛蒂·布朗和约翰·亨利·韦斯特。他们三个坐在厨房的餐桌边,把同样的话说上一遍又一遍,于是到了八月间,那些话变得有声有调,听起来怪里怪气的。每到下午,世界就如同死去一般,一切停滞不动。到最后,这个夏季就像是一个绿色的讨厌的梦,或是玻璃下一座死寂而荒谬的丛林。

这个小镇的夏季是怎样的呢?它"疯狂""炫目""皱缩""灰扑扑""如同死去""停滞""讨厌""死寂""荒谬"。作者不用说,我们也都知道这些夸张的形容词,并不是小镇环境的真实写照,而是弗兰淇疯狂躁动内心的折射。

值得注意的是,当代小说中已经很难见到大段的自然环境描写了,特别是一些中短篇小说,几乎就没有这样的描写。这固然是因为我们如今已经远离了自然,更可能与当下人的生活节奏变快带来的阅读节奏加速有一定的关系——读者普遍失去耐心,不愿意看可有可无的东西。不过,我始终认为,优秀的自然环境描写对于小说的走向有着很重要的引导作用,对于小说语言的美化效果也很突出,同学们应当有意识地多加练习。

三、环境描写要恰到好处

写环境时,一旦偏离了故事主线,无论写得多么优美,都不再是为故事服务了。不要发力写那些读者有可能不愿意看,会直接跳过去的内容,否则,就可能影响你叙述的节奏。

我本人特别喜欢看环境描写,也特别喜欢描写环境,但我总会检查自己小说里的环境描写是否多余,是否真的是小说需要的。举个例子,在我的小说《紫葡萄和珍珠奶茶》中,有这样一段比较集中的环境描写:

两个人拿着肥皂和毛巾一起往河边走。从院子后门出去,没两分钟就看见一条清亮的小河,被两旁的翠色山木环绕着,映衬着远处淡淡炊烟和天边旖旎晚霞,潺潺向东流去。河水远看是温润的碧绿色,临水却能清楚地看到河底的水草和鱼群,感觉它不是从山谷间而去,是顺着自己的身体发肤汩汩流过,周身一片清静。

"真美！"

"你们住惯了大城市才想着来这里换换口味吧。"

我听出来这口气不够友善，一下不知道该怎么往下接。

面对同样的景色，"我"与简单两个女孩的心境却很不同，城里来的"我"觉得放松和愉悦，才会对环境有很细致的观摩，并且脱口而出"真美！"这样的感慨。而这句夸赞，却引发了"我"与简单的争吵。这段环境描写有效推动了之后情节的发展，因此有必要。

《七月轮舞》中，敏妮因为月经初潮肚子疼被提前送回家，她坐在院子里等妈妈下班，这里也有一段集中的环境描写：

已是黄昏，热气从地面上浮起来。院子里的玉簪开出大朵大朵的花，浓郁的香气，被热气一熏，让敏妮觉得有种腐烂的味道。她想起山上层叠繁复的紫薇，每一片都热烈地簇拥在一起，眺望着死亡的边缘。花开极致，倒不如未曾绽放的叶来得清扬，且理直气壮。

这段对于花朵的描写，其实是敏妮心境的反映——她突然月经初潮，又隐约被同学知晓，内心感到恐怖、可耻与慌乱。花开到极致时反露衰败之气的味道，以及花是植物成熟的标志，都让她有了非常不愉快的联想。她渴望自己是完全不需要"成熟"的叶子，始终保持一种样子，始终都不需要真正"长大"。

这段环境描写，在之后也有几处呼应："忽然，她闻到身体里血的腥味，湿稠地散发出来，包裹住全身。她突然感到恶心，觉得自己也要像那累赘繁复的紫薇花一般，濒临腐烂。""她又感到了那种腐败的气息，蔷薇花纷沓拥挤，腐烂的花汁滴下来，化为一条条暗红色的蚯蚓，蚯蚓蜿蜒蠕动，爬得到处都是。"环境与人物的心境融合在一起，甚至到了最后，蔷薇花已经有了一种象征意味——象征着敏妮对于被迫"成熟"的慌乱与恐惧。

关于怎样的环境描写才是有效的这一点，其实我们可以反过来想：我们语文课讲到小说中环境描写的作用时，往往是这么说的：一是渲染气氛，二是推动故事情节，三是补充交代背景，四是塑造人物形象，五是揭示主题。反之，那些不能起到以上作用的环境描写，就是多余的。

考虑过必要性，我们接着来谈一谈，怎么做才能让环境描写显得更生动。

我的体会是，平日里，我会不自觉地注意一些东西，试着用语言描述这些。郭敬明为什么喜欢45度仰望天空呢？因为天真的很好看呀！我记得有一次，天空塞满了层层叠叠的云，看上去就像曾轶可的绵羊音；还有一次坐地铁的时候，看到外面的天空被赤色的晚霞包裹，觉得自己好像在一瓶桃子味的汽水里。当然不仅是看天，还可以看花、看草、看风……看一切能看到的东西。心有所触，就提笔记下来。

印象很深的还有一次，我去云南普洱度假，住在小木屋里，那时是雨季，每天都下雨。"雨打在小木屋顶上的声音真是最好入眠的声音了。世界被雨声压缩到只余这一隅，心好似河边一块被水反复打磨过的石头，任由青苔蔓延其上。雨停了,松鼠会来,那屋顶上的声音又响成不规则的一片,噼里啪啦,轻快的足音踏屋而去,告诉你:嘿,快点儿出来玩儿。"当时记下的这种感受,我肯定会用到之后的写作中去。在写作的时候,我还会不时地翻看这些记录,看见合适的就抄上去。

当然,并不是所有的环境描写我都是抄以前写过的片段。如果在写作的过程中,我觉得某样东西需要一个特写,我就会像排列组合一样列出描述它的方式,然后挑一个最中意的。就像有的演员演戏,扔一个酒瓶,他能给出七八种不同的扔法,让导演来选择。那么他是如何做到能把一个酒瓶子扔出七八种花样的呢?靠积累。至于如何积累,我们将在语言章节里重点讲述。

四、社会环境描写

我们平时写作文,因为年龄和视角的限制,对于社会环境关注得比较少,但对于小说而言,是不能脱离社会环境而存在的。纵观整个初中阶段的小说文本，从《变色龙》到《孔乙己》，其矛头所指，其实不是某个个人，而是整个社会。老师带领大家读小说，一定会谈到它的社会环境，这也是我们的重要考点之一。

加缪的《鼠疫》，一上来就告诉读者：

要了解一个城市，比较方便的途径不外乎打听那里的人们怎么干活，怎么相爱，又怎么死去。在我们这座小城市中不知是否由于气候的缘故，这一切活动全都是用同样的狂热而又漫不经心的态度来进行的。这说明人们在那里感到厌烦，但同时又极力使自己习惯成自然。那里的市民很勤劳，但不过是为了发财。他们对于经商特别感兴趣，用他们的话来说，最要紧的事是做生意。

小说讲的是一个城市大规模爆发鼠疫的故事，因此故事开篇，作者就直接点明了当时所处的社会环境——人人只想着谋利，自然无心关注环境状况。那么，鼠疫选择了这样一座城市爆发，也在情理之中了。

《哈利·波特》中，罗琳设计了这样一条社

会鄙视链——血统纯正位高权重的巫师高高在上（马尔福一家），鄙视贫民巫师（罗恩一家）、有麻瓜血统的巫师（赫敏）、哑炮和麻瓜。正因为巫师界普遍存在这样的风气，才导致了哑炮费尔奇扭曲的性格，马尔福对赫敏的嘲讽，伏地魔及其簇拥者对生命的肆意践踏……罗琳在文本中引入了很多的社会现状——血统歧视、贫富差距、集权主义等等，使得《哈利·波特》超越了儿童小说的单纯，变得更复杂也更有深度。

同学们在这个年纪，接触社会的渠道不会太多，建议大家还是要抓住一些机会，例如假期的社会实践活动、居委会活动、慰问孤寡老人活动等等，积极参与、体验、感悟、积累。另外，在我们日常两点一线的读书生活中，其实也离不开社会大环境，也能遇到不少与社会现象挂钩的事件，这就需要考验大家对于素材的敏感度了。比如有同学会在作文中写小黄车被粗暴对待的现象，有同学写出了二胎矛盾等等。再比如校园小说《最好的我们》中，蒋年年考试考砸了，于是花钱雇人给自己开家长会。这其实并非个案，反映了家庭教育的不当以及家校联系的脱节，是有社会意义的，连2018年的春节联欢晚会都播了个与这类似的小品。如果我们能从熟悉的生活中抓住这些有社会价值的东西，就能拓展文本的深度和广度，引发更多的共鸣。

相信讲到这里，我们会发现，小说中的三个要素是互相支援、互为倚靠的。只有关注到每一个因素，才能使我们的小说创作走上正途。

我们中学的语文课本上，选了不少小说。目前对于小说课的教学，越来越提倡"文体意识"了。也就是说，除了字词、语言、结构、主旨外，对如何去认知小说的人物、情节和环境，我们关注得越来越多。

环境必须：

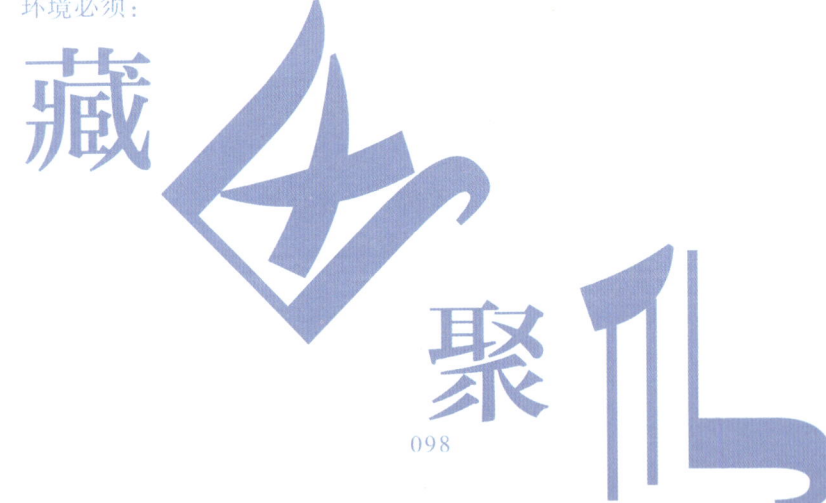

藏幽聚化

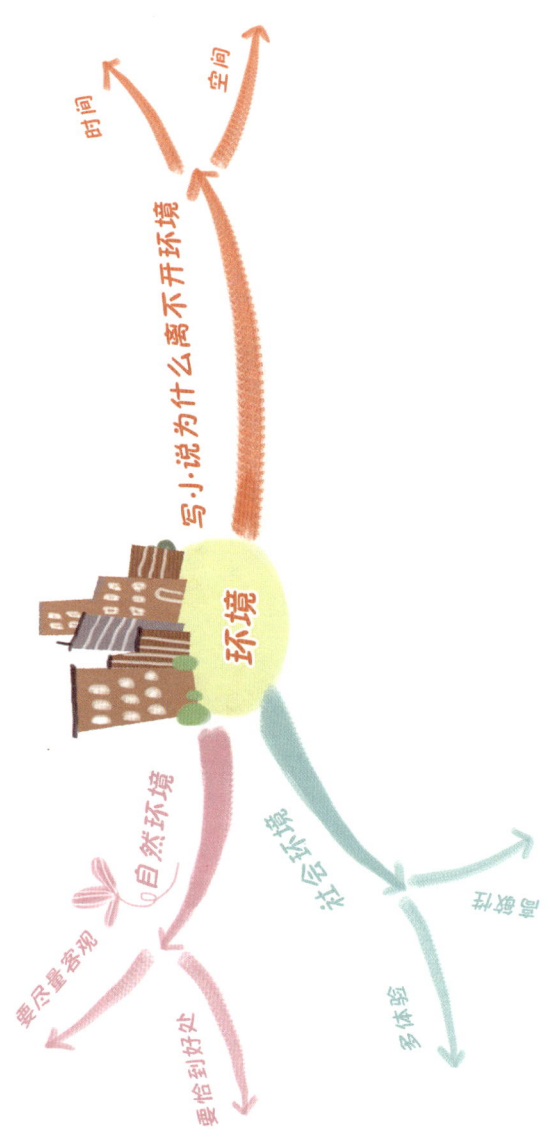

【习题与思考】

尝试为自己的作品补充一段自然环境描写或者一段社会环境描写。

【拓展阅读】

麦卡勒斯:《婚礼的成员》

经营微世界

"我的词句所形成的**袅袅烟圈**升腾降落,飘扬**凝聚**,缭绕在鲜红的龙虾,**黄橙橙**的水果上面。"

——弗吉尼亚·伍尔夫《海浪》

第二章
经营微世界

上一章里，我们紧握手中的卸妆水，摘下了小说戴的大美瞳，擦去了小说脸上的BB霜，了解到不论这个小说是画了裸妆还是烟熏妆，其真面目都是类似的，就如同人都长着两只眼睛一个嘴巴一样，小说都是在写人物、情节和环境。

我们讨论了小说的人物、情节和环境，也就是讨论了小说写什么的问题。在讲述的过程中，对于如何写好人物、情节与环境，老师也有一些简单的建议。这一章，我们接着来讨论三要素之外，写作小说时还可以有哪些抓手。

第一讲
选好布料方裁衣

第一章在讲人物、情节和环境时，陆陆续续讲到了小说的一些碎片，譬如人物肖像的刻画，譬如情节中的冲突，譬如自然环境的描写，等等。这些碎片都属于小说的重要内容，不过它还不是小说。裁缝缝制衣服，是先把布剪成一片一片的，再缝在一块，变成一件合身的衣服。写小说也跟缝制衣服是一样的。第一章重点是先弄懂小说是由哪几大块"布"构成的；现在则要着重讲每块"布"该如何裁剪，如何"缝纫"，最终"缝"出一件合身美丽的"衣服"。

那么，初学裁剪和缝纫"衣服"，应当从哪些方面着手呢？

一、选择自己想要的"布料"

这里所说的"布料",即题材。也就是说要想写一篇小说,必须首先选择一个自己想写的题材。想写,这一点很重要。在任何一个写作的阶段,我们都不能忘记这一点。什么东西是我们自己真心"想写"的呢?是"如鲠在喉""不吐不快""不得不说"的呢?牢记这一点,就能保证我们的写作是发自内心的需求,而非盲目跟风。这样,也就保证了作品的"真诚"。

我们很多同学头疼作文课,其实很大程度上并不是头疼"写作"本身,而是因为老师给出的题目让大家觉得"无话可说"。大家可能都有过这样的经历:遇到合胃口的题目,很轻松就能完成一篇作文,且写完之后会有一种创作的愉悦感、满足感、成就感,憋在心里的话终于找到了一个输出的渠道,整个人很通畅。而一旦遇到没话说的题目,任凭你抓耳挠腮东拉西扯,两节课下来也只能勉强凑合出来一篇。写完了自己也不知道自己写了些什么，脑子里要么乱哄哄的，要么空白一片。这种写作体验无疑是痛苦的。久而久之，遇到作文课就头疼，心里面有抵触、厌烦，甚至是恐惧，而无法正常地享受到写作带给人的愉悦与满足。

我的一个学生，她平日里写的作文就像她的性格一样，总是默默无闻。但是有一次，我们布置了一篇作文《总有属于我的精彩》，她的作文成了年级范文，而且还是范文里好评度最高的一篇。为什么她能有一鸣惊人的写作体验呢？恰恰因为这个题目触动了她的内心，她在作文里写道：

预初时，每每听见从大礼堂传出的悦耳歌声，又或是音乐教室外整齐的乐器合奏声，我总会忍不住驻足倾听，眼里是一片止不住的艳羡。

当我抱怨似的和母亲提起此事时，母亲也会以一种十分惋惜和抱歉的口吻和我说，后悔当初没有让我也学点什么乐器或表演。

这种感觉在我上第一节音乐课的时候尤为明显。她像是踩着一阵风轻快地向我们走来，开口是一副好嗓子,让人听后像是羽毛拂过,痒痒的。让我不自觉地想象着她唱起歌来会是怎样。她简短的自我介绍后便说让同学们也介绍一下自己,展示一下才艺。我当时就慌了,该说些什么呢?心里很纠结时,同学们一个接一个地按照学号自信地踏上讲台。"钢琴十级","现代舞、民族舞十级","吉他演奏","手风琴演奏","琵琶、古筝"……一串串的回答让我觉得自己好似置身于一个完美的乐团,各种乐器看得眼花缭乱,我的手也因为鼓掌而有些微微泛红——因为他们的精彩。

还是轮到我了。上台时我都能感觉自己的脸有些发烫,紧张到话都说不完整,连自己都不记得当时支支吾吾说了些什么,烧着脸尴尬地逃下了讲台。

瞥见老师那张登记才艺的表格上被填得满满当当,却有一行空着——应该是有我名字的那栏吧。不免有些挫败感,心里酸酸的。

……

(上海中学东校初三学生李若雨《总有属于我的精彩》)

看到这里，大家可能会明白为什么她的这篇作文很优秀了。这就是她的心里话呀！是她憋了好几年，终于有机会堂而皇之写出来的话。这样真诚自然的作文，怎么会不好呢？

记得我在研二写毕业论文的时候，我学的比较文学与世界文学专业中，虽然有许多顶尖的作家作品值得研究，同学们也大多选择么帕慕克、罗曼·罗兰、D.H.劳伦斯等大师，但我就是想写才火了没几年的《哈利·波特》系列，想写看上去有些"幼稚"的儿童文学。特别幸运的是，我的导师陈建华先生完全支持我的决定。"当然可以写呀！"我到现在都记得他当时轻快的口吻。正是因为我选择了一个自己真正想写的方向，才使得后面漫长的写论文之路显得没有那么痛苦，甚至可以说是充满了惊喜的。

"我始终以为写作这件事应该是人的本能，只要识字、只要愿意，任何人都可以像呼吸、说话一般地写出自己的想法，只要我们别把写作赋予太多的名目或意义，写作其实可以是很自然、很愉悦的。"[①] 既然我们想跳出作文课的桎梏，希望开掘出一小片属于自己的写作天地，那么我们就更应该听从内心的声音，不要刚出虎穴，又入狼窝，把自己推向自己并不喜欢，甚至是厌恶的方向。

二、选择自己"买得起"的布料

"买得起"的意思是选择自己驾驭得了的题材。

叶圣陶在《怎样写作》里说，写作其实就像聊天一样。你同别人聊天的时候不会聊一些自己根本不懂的话题。那么写作也是一样，也应当选择自己经验范围以内的东西来写，不要认为那些超出自己经验值的东西才是高等的，特殊的，值得写的。

这一点我非常赞同。记得有一次吃饭，我恰

[①] 朱天衣：《朱天衣的作文课》，贵州教育出版社，2016年版，第1页。

恰和几个数理化老师坐在一起。他们在聊物理，而对于物理我这几年只读过一本曹天元的《量子物理史话》，于是硬凑进去聊，才聊了两句就溃不成军。实在是只知皮毛装不下去了呀！还不如老老实实吃饭吧。

　　写作自然也是如此，我以前连恋爱都不会谈的时候为了突破自己的题材范畴，装成熟写过几篇作得要死的爱情小说，直到现在都不敢读，生怕被过去的自己吓到。什么父母离异啦，孤独寂寞冷啦，我爱你你不爱我啦，自残自杀啦一大堆从别处看来的东西，编得那是相当难过。假如让我现在去写医闹小说、公司小说、农村小说，我肯定编不出来，因为完全不了解呀！我现在能写的就是家庭小说、校园小说、儿童小说。所以很多作家、编剧甚至是演员，在创作前都会深入一线去了解情况、搜集材料、体验生活，否则是编也编不出来，演也演不像。

　　我建议同学们不妨先从校园小说写起。如果老家是农村的，也可以写一些发生在农村里的故事。如果喜欢动物，也可以写动物小说（但不要写你不熟悉的动物）。总之，从已知的生活入手。

我看到同学们偶尔在随笔里写小说，很多作品给我一个感觉：太"飘"。上来就是第二世界，就是星际穿越，就是梦回唐朝，感觉是故意逃避现实。一动笔就去写远离现实的幻想小说、穿越小说、魔怪小说等等，写完还觉得自己超厉害超有想象力。但残酷的现实是，这种想象力更像是一种东拉西凑的拼贴和模仿。殊不知真正写好这类小说是要有丰富的生活阅历和阅读积累的。罗琳笔下的魔法世界看似是架空的，是小说家自己"想"出来的，但里面融入了她沉淀多年的生活阅历与读书体会。仅凭中学生这点生活阅历，怎么能使你编造出来的世界有扎实的"地基"呢？

曹文轩说："我建议从年轻人开始写作，要从写实题材开始练笔。不要一开始写，就写得装神弄鬼、上天入地。现在，让我感到疑虑的一个现象就是，大量的年轻作者，一出手就是过度幻想。以前，我在谈写作的时候，强调想象力。这几年，我反而强调人的记忆力之重要。我认为，对于一个真正的作家，对历史、现实和当下的记忆力，对历史和现实把握和感应能力，是远远高于想象力的写作品质。"① 这种观点，并不是说想象力对于写小说而言不重要，而是强调我们要投入生活，从生活中挖掘素材。

"从生活中挖掘素材"这句话，同学们是不是听得耳朵都起茧了？怎么和老师指导我们写作文的话是一样的？小说不应该比作文更"高级"吗？小说不就是靠编造的吗？同学们，大家千万不要认为如果我的小说是纯写实的就不够"小说"，不够高级。能把当下生活写得活色生香，也是很牛的事。

还有一些孩子喜欢写跨越年龄的小说，有些也的确写得令人惊叹。有一次，我所任教班级的班主任收了一张纸条，拿给我看，这是迄今为止我看过的最成功的一例跨年龄写作：

我最后一次见到南风，是在一个著名摄影师

---

① 《曹文轩驳"小孩看不懂鲁迅"：恐怕是浅阅读过多》，《华西都市报》，2016年7月25日。

的摄影展上。他穿着一件薄薄的针织衫,头发比原来短了些,碎碎的发丝贴在脑袋上。

他没有看见我,我更没有去打招呼的意思。后来我就走开了,自始至终就瞥了一眼。

后来我和夏眠说起这件事。她说,你和南风,缘已尽。不用勉强。

我点头,但不知道说什么好。夏眠抽出烟盒,点了一支烟。烟星一闪一烁,在夜晚格外突兀。

她抖落了烟灰,我们俩就这么坐了一会儿。

我知道她想起了谁,她也知道我此刻在惦记着南风。

南风不抽烟,但是后来也学会了。

(一个不愿意署名的孩子)

大家能想象,这是一个十二岁的女孩写的吗?文笔之成熟,断句之老练,让我都自叹不如。这的确是一个非常有才华的女孩子,敏感多思,常常托着腮对着窗外发呆。每次写作,我都能感到她是在和自己认真对话。

我很好奇她怎么能写出这样惊艳的文字,于

是又仔细研究了一下这张纸条，发现它的用词、语气，甚至是人物的姓名都有着非常浓的都市小说印记。主人公叫"南风"，"南风知我意，吹梦到西洲"，有本都市杂志也叫《南风》。开头的场景是在一个"著名摄影师的摄影展"上，摄影展、艺术展、电影院，都是都市小说最钟情的场所。年轻女性抽烟，也是都市小说的标配。安妮宝贝早期的小说中，基本每个女主人公都抽烟，仿佛不抽烟，就无法诉说内心的特立独行与感情之曲折纠结。另外，在语言形式上，她特别擅长用短句，且喜欢独句成段，造成一种非常干脆、非常老练的表达效果，这也是很多都市小说的常用语气。

安妮宝贝在《七月与安生》中写：

只是很平淡。像一条经过的河流。你看不出它带来了什么。或者带走了什么。

它只是经过。

而安生。安生是她心里的潮水。疼痛的。汹涌的。

安妮宝贝的断句甚至更狠一些，三个字都要用一个句号，营造出的小说氛围也由此显得决绝，符合作家想要表达的青春时代伤痛的内容。

我特别想知道这个女孩子接下来会怎么写。遗憾的是，一直也没能看到。这种跨越年龄跨越经验的写作，大多是天分与模仿的结合。初学写作者是可以尝试的，但因为超出自己的经验值太多，领悟力不够者可能会模仿得不伦不类（比如说我）。效果能达到这样的，不会太多。

我曾经也体验过这种跨经验的写作。我去写过武侠，也写过古体诗词，东西出来了，感觉很"硬"，是为了写而硬憋出来的，才华不够，模仿得怪里怪气，自然不好读。后来我还是老老实实写在成长期细腻多变的孩子。这个我有经验，我只是把自己对校园生活的体会一点一点放大或者变形，直到能够完全融入小说的情境中去。我上高二时，好朋友有七八个，那时候流行组团，我们就组了一个叫 SPARY 5&TWO UGLY BOYS 的组合。虽然只有 7 个人，但当时流行的是 F4、

SHE、TWINS等小组合,我们已经算是声势浩大了。人一多就容易闹别扭,因为某次闹别扭,我写了《水晶杯》,投给《青年文学·校园》,很快刊载了。接着我又写出了《玻璃屏》、《琉璃街》、《琥珀展》(发表时改为《琥珀中央》)、《万花筒》,一直写到高中毕业,形成了一个小系列。这五篇小说都在《青年文学·校园》发表了。其中《玻璃屏》入选当年的文学选本《中学生优秀小说选》,《琥珀中央》等被《男生女生(文摘版)》《当代文萃》《青年文摘》《小作家选刊》《作文大王·读写参考》等杂志转载。作家邱华栋老师在《新京报》撰文说:"胡钺发表的《玻璃屏》《水晶杯》,不仅仅是对年轻生命状态的表达,在文学上也形成了自己独特的美学价值。"

这个例子很能说明,写自己身边的事、自己熟悉的事相对容易出彩。

建议大家从校园生活入手,还有一个原因是,即便是老师、家长、门口小卖部里的大叔——我们每个人都有过可爱的校园生活,我们每个人也都真切地怀恋着那段时光。从郁秀的《花季雨季》

开始，校园小说就没有过低落的时候，近几年更是出现了让你们疯狂的一些作品，比如《那些回不去的年少时光》《最好的我们》《致我们终将逝去的青春》等等。读这一类的小说，你总会有种似曾相识的感觉，觉得里面的那谁谁就是我，那种感觉就是我经历过的。所以，从校园小说入手，很容易引发读者的回忆与共鸣。前几年大热的忆青春类电影也是抓住了大家的怀旧心理，一部接一部地出，情节再雷同也都有人买账。

有同学可能会说，如果我们都去写校园，那不就题材大撞车，很难写出新意吗？

这一点，我们完全可以反过来想：正是因为有大量撞车的题材，我还能脱颖而出，那不是更证明了我很牛？

就像当年左拉身边聚集了很多崇拜他的青年作家，他们约定一起写一个题材——普法战争。但是，最后广为人知的只有一篇莫泊桑的《羊脂球》。可以说，莫泊桑完全把他的老师福楼拜的教导记在心上："必须仔细观察生活，从中找到别人没有发掘过的东西。"是的，对于同一类题材，我们也可以找不同的角度；对于同一个角度，我们也可以有不同的细节。

三、先学着缝"小衣服"

这里所谓的"小衣服"，是指短篇小说。裁缝学缝衣服，都是先从缝小衣服学起的。中学生学写小说，最好先从短篇小说写起。我们选好喜欢的"布料"了，不要一开始就想缝出一件"西装"，或者一件"旗袍"，不妨先缝一件小孩穿的小马甲。

现在的孩子们写小说，有一种贪大求长的现象。一上来就想写长篇小说。一些孩子的随笔本一翻开，尽是"连载，未完"。一学期看下来，我也闹不明白他究竟想讲一个什么故事，想表达什么。列夫·托尔斯泰认为："小小说是训练作家最好的学校。"这类小说，多则几千字，少则几百字，写起来花的时间不多，要琢磨的地方却不少。

千万别以为写小小说就是能力差，写长篇方能彰显我的威武神勇。恰恰相反，许多作家都认为最难写的,恰恰是短的。如何在极其有限的篇幅内把你的故事讲得曲折有致、别具匠心,把人物塑造得丰富立体、栩栩如生,相当考验一个小说家的基本功。作家要保证写出来的每一个字都是肩负着使命的,为达到这一点,就必须熬字。情节的发展有没有做到最集中?人物的刻画有没有闲笔?环境描写是必要的吗?句子成分是否太多?无意义的词是否存在?"在短篇小说中,正如在机器上一样,不应该有一个多余的螺丝钉,尤其是不应该有多余的零件。"(高尔基语)

甚至,一开始我们都不需要写一篇完整的小说,不需要考虑情节如何曲折,人物如何立体,环境如何完善。只需进行片段写作的练习。比如我单纯写一个人是如何吃饭的,单纯写一个公园是什么样的,单纯写一对好朋友是如何对话的……把一个小片段写好,然后在此基础上不断扩充。

学着把自己的小衣服缝制得最精致,是初学写小说者的最佳选择。

选择自己驾驭得了的体裁:"买得起"

【习题与思考】

有什么题材,是你最想写的?

【拓展阅读】

叶圣陶:《写作什么》

第二讲
重视开头和结尾

同学们记叙文的题目做多了，会发现有一类题目特别爱考——开头和结尾的作用。

提到开头的作用，无非是"引起读者兴趣，引出下文，为下文做铺垫，塑造了怎样的气氛"这些。

我们接触到的记叙文结尾无非有两种，一种是以议论、抒情的句子结尾，这些句子或明或暗点出了这篇文章的主旨，是我们答题时的重要依据。另一种则是在某个关键情节发生后就突然收尾了。对于这一种，我们答作用时一定会答到"戛然而止，留下思考和回味的空间"之类的套话。

老师们在训练我们的考场作文时，通常对于开头强调最多的就是"开门见山"，希望大家不要做些无意义的感叹（例如老掉牙的"每个人都×××,有的人喜欢×××,有的人喜欢×××,而我,则喜欢×××"或者"时光飞逝、白驹过隙,我们迎来了×××"这样的万能开头),不要铺叙过长,尽快进入文章主体,对中心事件、主要人物做细腻的刻画;而对于结尾,则强调一定要有议论性抒情性的句子,自然而然点明主题。

从这些语文的日常教学中,我们其实可以隐隐感受到——小说的开头和结尾是很重要的。但是,似乎又是套路极深、形式单一的。在这本对小说课的讲解中,我们依然强调小说开头结尾的重要性,同时要告诉大家:开头与结尾的方式千变万化,可以摸索的空间还有很多。

一、小说的开头重要吗

初学写小说之人,可能会忽略小说的开头和结尾,只关注中间的故事情节。但小说家们不这样认为。他们都很讲究如何写好小说的开头和结尾。在这里摘录一段汪曾祺的话:

小说的开头和结尾要写好。古人云:"自古文章争一起。"孙犁同志曾说过:开关很重要,开头开好了,下面就可以头头是道。这是经验之谈。要写好第一段,第一段里的第一句。我写小说一般是"一遍稿",但是开头总要废掉两三张稿纸。开头以峭拔为好。欧阳修的《醉翁亭记》原来的第一句是:"滁之四周皆山",起得比较平。后来改成"环滁皆山也",就峭拔得多,领起了下边的气势。我写过一篇小说《徙》。这篇小说是写我的小学的国文老师的。他是小学校歌的歌词的作者,我从小学校歌写起。原来的开头是:"世界上曾经有过很多歌,都已经消失了。"我到海边转了转(这篇小说是在青岛对面的黄岛写的),回来换了一张稿纸,重新开头。"很多歌消失了。"

这样不但比较峭拔,而且有更深的感慨。奉劝青年作家,不要轻易下笔,要"慎始"。[①]

[①] 汪曾祺:《晚翠文谈新编》,生活·读书·新知三联书店,2002年版。

很多小说家都说,写小说最难的就是第一句话,第一段文字。一旦这个头开起来了,后面的故事就会源源不断地涌出。有大量阅读经验的读者也会发现,我们看一本书符不符合自己的阅读审美,很多时候,把开头读一读,就能大致评判了。这里面其实挺有讲究的,因为我们知道,通常而言,开头并不涉及太多故事情节。那么,我们既然不是从"故事性"这个小说最本质的属性来进行评判的,影响我们阅读感受的又究竟是什么东西?

其实,小说开头的第一句话,往往决定了这篇文章的气质。好的开头,能引人浮想联翩,能够第一时间提起这篇小说的"气",让你觉得之后"有故事","有看头"。比如《琅琊榜》中有这样一句话,我觉得特别适合作为故事的开头:

时近黄昏,昼市已休,夜市未起,街面有些清寂。

在这样一个黑白转换的微妙时刻,一方已休,一方未起,"清寂"二字,似乎就是一个蓄谋已久的等待。如同开幕前那一刻的屏息凝神,暴风雨到来前的那一瞬诡异的寂静。你的阅读经验与直觉在告诉你：嗯，好戏要开演了。

还有勒克莱齐奥，他特别长于写开头。《流浪的星星》的开头："只要听见水声，她就知道冬日已尽。"《燃烧的心》的开头："她心心念念想见的是佩尔旺什，只有佩尔旺什。"《饥饿间奏曲》的开头："我了解饥饿，我又感受到了它。"都是又简短又有韵味，顺顺利利牵引出下面的故事。其中的微妙味道，非得多读、多比、多写方能领悟一二。

胡兰成文章里有这么一句话："这个故事的开头便有些运气。"好的开头，永远能给写作者带来好运。

二、写小说，要先想到结尾吗

之所以接着提这个问题，是因为很多同学可能有疑问：我们初学写小说时，是不是要先想到结局/结尾？（结局和结尾的含义是有差别的，在这里我们不做区分。）

汪曾祺在《思想·语言·结构》一文中，提到小说除了要"慎始"，还要"善终"，写好结尾。他说："往往有这种情况，小说通篇写得不错，可是结尾平常，于是前功尽弃。结尾于'谋篇'时就要想好，至少大体想好。这样整个小说才有个走向，不至于写到哪里算哪里，成了没有脑线的一风筝。"[①]

多数人写小说都是先把一篇小说的故事情节大致构思出来了，才去下笔写。我们因为是初学写小说，我建议最好也先想好小说大致会往哪个方向走再动笔。

有的同学可能会奇怪，作家难道不是"上帝"吗？难道对于他笔下的世界，他不能呼风唤雨吗？改变一个人的命运还不简单，只要不把他写死不就行了嘛！但其实，如果你有一定量的创作经历，你会发现，写着写着，往往笔下的人物就脱离了作者的掌控。原来预设的好人可能成了坏人，直

[①] 汪曾祺：《晚翠文谈新编》，生活·读书·新知三联书店，2002年版。

男癌可能成了妻管严,他们自己站了起来,告诉作者他们要去往何方,要有怎样的宿命。"当人物成熟起来时,他必然要按照自己的性格轨道行进,而无法迁就作家原来的意图。"① 大仲马当年创作《三个火枪手》,写到结尾笔下的一个人物必须要去死了,他无法扭转他的命运,难过得哭了很久。普希金说:"达吉雅娜跟我开了多大一个玩笑,她结婚了。我万万没料到她会这样。"②

但如果迟迟想不到去路,千万别耽搁,就从此刻开始动笔吧。因为的确有的人更习惯于随想随写,有些东西也的确只能在写的过程中才会显露出来。

我自己也经历过在写作中途,结尾自己跑上门来找我的情况。比如写《七月轮舞》的时候,虽然大致有个前行的方向,但具体怎么结尾,是在小说进行了大概一半的时候突然灵机一动写好

---

① 童庆炳:《文学理论教程》,高等教育出版社,2004年版,第147页。
② 《安娜·卡列尼娜和托尔斯泰开玩笑》,《世界文学》,1961年第2期,第10页。

了（也就是小说还没写完，先把结尾写完了）。然后我就像填补空白一样，朝着这个目标，一步步推进。

马伯庸曾在微博里发表过这样的观点："但是对小说来说，最重要的，是动笔，比其他任何因素都重要。不怕你想不明白，只怕你不动笔。""要知道，只有真正动笔，故事才会正式踏上征途。远方的天空模模糊糊可以看到一颗孤星，它指示了我们一个大略的方向，可眼前大雾弥漫，前方一片迷茫。我们只能战战兢兢地摸索前行，无法预测接下来会发生什么。也许会遭遇猛兽，也许会荆棘密布，甚至可能中途折返。但这种探索本身，难道不就是创作的乐趣嘛？"

剧作家咆哮女郎邦妮也说过类似的话："活着，就没有全部想好这回事，何况写作？'写作就像夜间开车，车头灯只能照亮前方三两米的范围。即便如此，你也可以开完全程。'相信你这台车，相信你心里发出的光，相信你手里的笔。写下去，写能给你答案。"

三、小说开头怎么写

写小说的开头,一百个作家可能有一百种写法。但有一些写法是有共同点的。这里老师给大家提供几个思路:

1. 从头开始法

就是写小说时,从事件的起因开始写起。我们初学写小说,可以从这个最简单的开头法学起。

不过,即使是这个方法,起笔第一句仍然很考察小说家的功底。

比如加缪《局外人》的开头:

今天,妈妈死了。也许是昨天,我不知道。

整个句子透露出一种非常古怪的感觉。妈妈去世本应是极度的悲痛,但在作者这里,却用一个"也许",一个"我不知道",把读者带入一个有些冷漠有些荒诞的故事里。

2. 结局前移法

这个方法说白了就是倒叙。把小说的结局作

为开头,然后再写为什么会出现这样的结局。譬如,小说一开头就写一个人终于杀死了仇人,他哈哈大笑,继而大哭,说道:"爸爸,我为您报仇了!"然后再写他为什么要杀这个仇人,他是如何杀了仇人的。这种方法比较容易让读者获得一种"我是上帝我掌握了你的命运"的霸道总裁般的快感。

3. 吊胃口法

《白鹿原》的第一句话是:

白嘉轩后来引以为豪的是一生里娶过七房女人。

七房女人?!这还得了?!不违反婚姻法吗?不会后院起火吗?于是读者的胃口被吊起来了,小说自然而然展开了。

再如,《平原枪声》的第一句话是这样写的:

老槐树上吊着一个人。

怎么会吊着一个人?而不是一头猪?为啥是吊在老槐树上而不是大柳树上?为啥是一个而不是两个?为啥是吊而不是绑?凡此种种问题砰砰

砰在喜欢追根溯源的读者的脑海中开始爆炸了，作者想要的目的也就达成了。

坎宁安的《时时刻刻》（拍成的电影也很好看）是这样拉开序幕的：

> 她匆匆走出住处，对于当时的天气来说，她身上穿的大衣太厚了。

这个开头注定是不寻常的。"匆匆""太厚了"，都在暗示着不寻常的事情即将发生。只这一句，读者的心就被吊起来了。等我们读到伍尔夫这位大名鼎鼎的作家一出场，就是在主动奔赴死亡时，再来看这句开头，又觉得悲悯，觉得怆然，觉得心碎。

再比如，写武打小说，开头是：一个死人的身上插着三支袖箭，每只袖箭上都刻着一个小字，分别是王、大、天。于是不用你教，我们亲爱的读者自己就开始排列组合，这看起来像是一个人的名字，是王大天？大天王？天王大？读者为了弄清这个射箭的人到底叫什么，就得往下看了。

这里要注意的是，这种开头，一定要简单精炼，要用尽可能少的文字来叙述。你把这么一两个信息透露出来,这个开头就完成它小问号的使命了。

4. 格言法

《安娜·卡列尼娜》的第一句话是:

幸福的家庭都是相似的,不幸的家庭各有各的不幸。

——用一句格言般的感慨来引起读者的遐思。

再如奈保尔《河湾》的开头是:

世界如其所是。人微不足道,人听任自己微不足道。人在世界上没有位置。

D.H. 劳伦斯《查泰莱夫人的情人》的开头是:

我们这个时代根本是场悲剧,所以我们就不拿它当悲剧了。

这样的开头,第一句话就像是一句格言。不过,这种格言式开头在使用上万万要谨慎,切不可小小年纪充大头,最后反而显出自己的傻白甜。比如我小时候,真的是挺小的时候,写过这样一句开头:"一个女孩最大的悲哀,莫过于一个男孩对她好,却是因为另一个女孩。"后来不等我长大,就是稍稍过去几个月再看这个开头,都有种分分钟想撞墙的尴尬。还"最大的悲哀"!我的天,你活了有几年?见了几个男的?经历过变幻莫测的感情生活吗?明明是一页白纸,非把自己往教科书上整,不用想这个小说肯定是作得要死拿不出手的。

格言式的开头一定要包含一定的哲思,得能反映你的思想,你对社会、世界、生活的揣摩和理解,相比之下,我的学生有时能写出特别有味道但又不"作"的格言式开头,比如:

世上有千千万万的事情可以让你感到开心,有愉悦兴奋的情绪,可并不是每件事都能让你感到幸福。(陈欣悦)

能在十三四岁的年纪去思考什么是开心,什么是幸福,并自然表达出来,不刻意扩大,不随意卖惨,是一个很成功的开头。

5. 写景法

如果以上这些方法你都觉得想不出来，那么教给大家一个最简单的方法——写景。

我们中国文学的传统，想写 A，偏就不先写 A，而跑去写 B，写完了 B，再引出 A。这在《诗经》中叫作"兴"——先言他物以引起所咏之词。本来想写自己思念的伊人，偏偏就不写伊人如何，先来写写芦苇吧。我们不妨把这一传统发扬光大。你不是想写故事吗，咱就偏偏先不写故事，咱先来写点天空、大地、春光、阿猫阿狗，等写完了再来讲故事，嘿，故事的自然环境、发生背景就都有了。

例如萧红《呼兰河传》的开头：

> 严冬一封锁了大地的时候，则大地满地裂着口。从南到北，从东到西，几尺长的，一丈长的，还有好几丈长的，它们毫无方向地，便随时随地，只要严冬一到，大地就裂开口了。

再如宗璞的《东藏记》，开篇花了整整一页纸来写昆明的天之蓝云之奇，完全可以当作一篇小的散文来读，传统文人气很浓：

> 昆明的天，非常非常的蓝……用一朵朵来做量词，对昆明的云是再恰当不过了。在郊外开阔处，大朵的云，环绕天边。如一朵朵巨大的花苞，一个个欲升未升的氢气球。不久化作大片纱幔，把天和地连在一起。天空中的云变化更是奇妙。这一处如山峰，层峦叠障，厚薄相接处似有溪流落下，那一处如树丛，老干傍着新枝。这一朵如花盆中鲜花怒放，那一朵如小船，正待扬帆起航。它们聚散无定，以小朵姿态出现总是疏密有致、潇洒自如；以大朵姿态出现则如堆绵，如积雪，很有气势。有时云不成朵，扯薄了，撕碎了，如同一幅抽象画。有时又几乎如木如石，建造起几座七宝楼台，转眼便又坍塌了。至于如羊如狗，如衣如巾，变化多端，乃是常事。云的变化，随天地而存，苍狗之叹，也随人而长在。

再如王安忆的《长恨歌》，开篇先用很长的篇幅写上海的弄堂。洋洋数千字，就像是一篇写上海弄堂的优美散文。在这之后，还写了流言，写了闺阁，写了鸽子，这才引出《长恨歌》主角王琦瑶。

小说开头的写法当然不只是这几种套路，尤其在现代小说中，神奇的开头比比皆是。例如马尔克斯《百年孤独》那个凡是谈开头就绕不过去的开头：

多年以后，奥雷连诺上校站在行刑队面前，准会想起父亲带他去参观冰块的那个遥远的下午。

时空的变幻回环，使文字产生了奇异的阅读效果。这句开头被我们一再模仿，"多年以后，胡老师站在这间教室前，准会想起给同学们讲《百年孤独》开头的那个遥远的下午。"

再如卡尔维诺《寒冬夜行人》的开头：

你即将开始阅读伊塔洛·卡尔维诺的新小说《寒冬夜行人》了。

把读者拉入文本，完全摒弃了传统小说"尽量模拟现实"的宗旨，明明白白告诉你这就是一本虚拟的作品。如果大家想在开头上推陈出新，真的建议多读一些外国现代主义作品，里面有很多实验性强的开头，很能颠覆我们旧有的阅读习惯。

四、小说结尾怎么写

跟小说的开头一样，小说也有各式各样的结尾。但汪曾祺认为：结尾虽有多种，却不外是"煞尾"和"度尾"。他说："汤显祖认为《董西厢》的结尾有两种，一种是'煞尾'。一种是'度尾'，'煞尾''如骏马收缰，寸步不移'；'度尾''如画舫笙歌，从远处来，过近处，又向远处去'。汤显祖不愧是大才子，他的评论很形象，很有诗意。我觉得结尾虽有多种，但不外是'煞尾'和'度尾'。"[1]

煞尾是说小说写到最后一段了，便戛然而止。就像奔驰的骏马收住缰绳，马蹄立住后再也不移寸步；度尾却有种生发性，这个尾看似是结了，

---

[1] 汪曾祺：《晚翠文谈新编》，生活·读书·新知三联书店，2002年版。

但余韵悠长，曲终而人不散，人去而楼不空，也就是叶圣陶提倡的"文字虽完了但意思没有尽"（《怎样写作》）。

举一个叶圣陶的例子，他的小说《遗腹子》讲的是一对夫妇只生女孩不生男孩，为了生男孩而闹出的悲剧。本来悲剧讲完就可以结束了——就故事的完整性而言已经达成了。但是作者偏偏又加了这么一句：

这时候，颇有些人来为大小姐二小姐说亲了。

这就不得了了！说完亲要干吗？要成亲。成完亲呢？要生孩子。如果生的又是女孩呢？是不是这样的悲剧又要在下一代人身上重演？悲剧并非个例，而要一代代循环下去，其中的悲怆意味因这句结尾而加剧。

这样的结尾虽有味道，但对于初学者而言，比较有难度。这里，我介绍一些更直白的结尾方式。

1. 首尾呼应式

这种结尾往往使小说的前后情节呼应，从而达到小说结构上的完整。比如开头写"于是我杀死了他",接着描述这个故事的经过,结尾再次强调"于是我杀死了他",使得这篇文章获得一种环形的结构模式。

我们学过的散文《口技》的首尾都是:"一人,一桌,一椅,一扇,一抚尺而已。"开头是介绍,结尾是强调。这种结尾容易模仿,但若用得不好会显得太刻意。

2. 戛然而止式

我的小说《你是我的传奇》的结尾是:

> 忽然手机响起,是白戈的短信:你往下看。我低头,看见一棵大叶子树下,站着我最最亲爱的白戈。

然后两个多日未见的好朋友见面了会是什么反应,会聊些什么都不用去废话了。这低头一见的惊喜,已经可以很好地收住这篇小说。

"戛然而止式"的作用,也是我们的中考考点。做这类题目,我们会有一句套话:"戛然而止,发人深省,给人以回味和思考的空间。"讲的就是这类结尾的好处。

3. 意料之外式

"欧·亨利"式的结尾便是意料之外、情理之中的代名词。欧·亨利的小说总能给人们一种阅读习惯上的冲击,一反读者的惯性思维模式,在结尾处一鸣惊人。后来有人把这样的结尾叫作"欧·亨利"式结尾。比如大名鼎鼎的《麦琪的礼物》。不过现代派、后现代派比较不喜欢这样的做法。他们总是试图突破小说的"戏剧性",放弃悬念与突转,让小说回归到平庸与日常。

4. 水到渠成式

自然结尾法在小说中比较多见,它是根据作品的情节发展,到情节结束时就落幕了。如谢友鄞《车站鹰雕》的结尾:

你看,女孩牵着骆驼,回来了,北地平线上,红彤彤落日里,驼头高昂,驼颈弯曲,女孩走出红日。红日探头探脑为她送行。一只鹰雕悠然扇动翅膀,为她送行。一轮美丽如歌的红日一峰雄壮的骆驼一只威风凛凛的鹰雕一个漂亮的女孩,将天地装饰得灿烂辉煌。

这个结尾像油画,像浮雕,自然而然将流动的故事收了一个静止的尾。

再如维多利亚·希斯洛普的《岛》的结尾:

笨重的渡船慢慢驶出港口,在宁静的夜空中拉响了汽笛,阿丽克西斯和索菲亚靠着栏杆站着,海风吹拂着她们的面庞,她俩手挽着手,回头望着墨黑的海水。克里特的灯光逐渐消失在远方。

连灯光都逐渐消失了,一切渐行渐远,渐行渐暗,我们的故事自然也就完结了。

5.深沉感慨式

比如我的小说《晶莹罅隙》的结尾是这样的:

是乡村里的童年,也是童年里的乡村给了安旖宝极其醇厚极其浓郁的爱。它们像毛茸茸的贴身小袄一样,包裹着经历成长与疼痛的心灵,给孤独以温暖的回应。人回归,爱回归。这片晶莹罅隙所透出的光亮与热度,将伴她一生。

这种结尾,高度总结了乡村对于安旖宝的意义。估计如果拿这篇小说来出题,这个结尾会帮助大家很好地把握小说主旨。但使用这类结尾千万不可太装，尽量感慨得自然一点，冷静一点。否则，读上去会很恶心，好像在总结这篇文章的中心思想。

6. 提出问题式

如果你的小说是反应社会问题的，或者表达内心迷惘的，那么以一个问号结尾，会同样把读者带入到思索中去。比如我的小说《白色沼泽地》的结尾是：

他们明白些什么呢？

谁又明白呢？

不光提问题了，还提了俩问题，而且每个问题独句成段加强语气。不过，这类结尾的使用也一定要慎重，弄不好就会给读者带来一种"估计作者也不知道咋结尾了就问问我们吧"的感觉。

重视开头和结尾：
"慎始"
"善终"

【习题与思考】

1. 互相讨论一下,有哪些令你印象深刻的开头或结尾?

2. 请选取自己曾经的一篇作品,为它换一种开头/结尾。

【拓展阅读】

1. 欧·亨利:《麦琪的礼物》
2. 王安忆:《长恨歌》之《弄堂》

第三讲
种植出你的语言

叙述不等同于情节,不等同于故事本身。同一个故事,你来讲和我来讲还是有很大差异的。同样写情侣因为不爱而分手,琼瑶来写和金庸来写肯定也是两样的。琼瑶是"我心深深处,中有千千结",而金庸则会快刀斩乱麻浪迹天涯。那么这就涉及一个问题:我们应该如何叙述一个故事?

这里,仅从叙述视角和叙述语言两个角度来谈。

一、叙述视角

小说叙述时,需要一个人称,也就是同学们熟知的第一人称、第二人称、第三人称。第一人称就是"我",也就是叙述者讲出自己的所见所闻。第一人称的选择会使得文章比较真实、亲切，尤其有利于深入"我"的心理。第三人称就是"他／她／它"，也就是叙述者化身为上帝或半个上帝，写出他所见到主角的所作所为。这一人称的使用会使文章显得比较客观、理性，比较有利于刻画出众生相。此外，也有用第二人称"你"来叙述的，虽然会给读者带来一种对话般的亲切感，但因不太符合大众的阅读习惯，不是很常见。

相较于第一人称，第三人称描写比较有"小说感"。主人公与叙述者以及作者都分离的时候，我们就彻底摆脱了作文"尽量抒写自己真实经历感受"的桎梏，给文本引入一种"上帝视角"，显得更成熟。新手写小说，建议先用第一人称，等娴熟了再尝试第三人称。

选好了叙述人称，我们也就大致界定了叙述的视角，比如用第一人称，那么接下来所经历的一切都必须通过"我"的视角得以展现，而不能讲着讲着叙述视角变为一条狗了（现代小说不在此列）。如果用第三人称，则最好能够关注当场的所有人。《水浒传》中武松打虎那段，叙述对象基本是一句话一换，就好像有个上帝站在他们旁边一样，看看这个看看那个，把这件事中的武松和老虎都交代得清清楚楚：

  那一阵风过处，只听得乱树背后扑地一声响，跳出一只吊睛白额大虫来。武松见了，叫声："呵呀！"从青石上翻将下来，便拿那条梢棒在手里，闪在青石边。那个大虫又饥又渴，把两只爪在地下略按一按，和身望上一扑，从半空里撺将下来。武松被那一惊，酒都做冷汗出了。说时迟，那时快。武松见大虫扑来，只一闪，闪在大虫背后。那大虫背后看人最难，便把前爪搭在地下，把腰胯一掀，掀将起来。武松只一躲，躲在一边。大虫见掀他不着，吼一声，却似半天里起个霹雳，震得那山冈也动。把这铁棒也似虎尾巴倒竖起来，只一剪。武松却又闪在一边。

这段话中，如果我们单单从武松的视角出发，则应删去"那个大虫又饥又渴""那大虫背后看人最难""大虫见掀他不着"这三句，因为武松是无法揣测大虫的心理和状态的。但如果删去这三句,也就删去了第三视角的优越性。

不过,在现代主义小说中,放弃第三视角的优越性越来越成了一种主动的选择。

传统小说,倾向于尽可能站在所有人物的上方,俯视众生,把所看到的全部展现出来(也就是既从武松的角度写,也从大虫的角度写)。而在现代小说中,它们放弃了这种"上帝俯视"的视角,更愿意站在一个微小人物的背后,从"他"的眼光来看世界,从"他"的耳朵来听世界,从"他"的内心来思世界(也就是要么只从武松的角度写,要么只从大虫的角度写)。如卡夫卡、陀思妥耶夫斯基等人的作品中,作家其实是尽可能让"叙述者"退场的。人物看不到的东西,叙述者也看不到;人物摸不清的事实,叙述者也同样没头绪。不再有全知的上帝,尽量让人物自己说话。

任何一件事的发生,在不同人眼里,肯定只能看到事件的一部分。换句话说,没有人能够把一件事发生过程中的所有细节都捕捉到位——我们不是上帝。比如过马路这件事,如果叙述视角是司机,他看到的是红绿灯转换和车辆的往来;

如果是一个孩子,他看到的可能就是柱子一般的人腿在他面前走来走去;换成一辆车,它看到的可能是一群人在躲避它;再换成红灯,它可能会觉得自己有定身术——不同的叙述视角,能够带来不一样的阅读感受。

现代电影特别喜欢拿这种"受限的视角"做文章。如果同学们看过电影《杀人游戏》,可能会对里面一个镜头印象深刻:雨夜小路上走着两位女性,而我们能够清楚地感知到镜头是从杀人犯这里给出的,也就是此刻是在用杀人犯的视角讲故事。他在掂量她们,在犹豫到底杀死哪一个。那么自然而然,我们看不到期待已久的杀人犯的脸——除非借助镜子或者水面,除非他喜欢杀人前拿出手机玩自拍,他无法自己"看见"自己。

还有很多犯罪小说、电影也喜欢使用这种"受限的视角"。一桩谋杀案发生了,先从A的视角讲一遍,再从B的视角讲一遍,再从C的视角讲一遍——每一遍的讲述对之前的讲述都是种补充或者纠正,但在层层补充和纠正中,观众不是越来越明白了,却越来越像置身于大雾之中难辨东南西北了。因为观众也清楚,任何一个视角都是受限的,都是经过主观色彩加工了的。我们再也找不到一个全知的上帝告诉我们凶手是谁。大名鼎鼎的如芥川龙之介的《竹林中》(后被黑泽明改编为电影《罗生门》),运用的就是这种受限的视角。

二、叙述语言

当我们的大脑里有了一个故事,有了一幅幅具体的场景,就需要把它转化为文字。当然,并不是你一"转换"成文字,别人就能完完全全地"看"到、领悟到。很关键的一点是:你描述那段图像的语言能力如何?你描述得越细致、越形象、越逼真,别人看时也就越清晰、越具体、越投入。那种栩栩如生的感觉,真的就像是在看"录像"了。反之,那就是粗糙、模糊的描述,就像让如今已经习惯了看高清视频的我们去看流畅版本,即便故事囫囵吞枣看完了,也会觉得错过了很多。

曾任《小说选刊》主编的资深评论家冯立三

曾说，他宁可读一篇主题不那么深刻、故事不那么奇曲但文笔优美的小说，也不愿意读一篇主题高深、情节跌宕，而行文粗疏、语言平庸的小说。这很能说明，读者看小说不仅仅是看故事，在很大程度上是要得到一种语言艺术的审美享受。所以，我们初学写小说，不要总是想着如何编一个把读者眼睛吓掉的离奇故事，而要把更多的功夫下在流畅而又不失优美的叙述上。

1.建立属于自己的语言风格

汪曾祺说："写小说就是写语言。小说使读者受到感染，小说的魅力之所在，首先是小说的语言。"[1]读者读一篇小说，首先是被语言感染。有时看一篇小说，看了几行就看不下去了。因为语言太粗糙，无法吸引自己读下去。所以汪曾祺说："语言不好，小说必然不好。语言的粗俗就是思想的粗俗，语言的鄙陋就是内容的鄙陋。"[2]

---

[1] 汪曾祺：《晚翠文谈新编》，生活·读书·新知三联书店，2002年版。
[2] 汪曾祺：《晚翠文谈新编》，生活·读书·新知三联书店，2002年版。

那些写得好的小说家，都是有着自己语言风格的小说家。

每个作家的语言风格都是不一样的。就像西湖龙井、大红袍、信阳毛尖、普洱都属于茶，却有着不一样的味道一样。不过，他们的语言风格也不是一开始就形成了的。语言风格的形成是一个渐进和渐变的过程。"路漫漫其修远兮，吾将上下而求索。"作家们都是通过不同的尝试，才找到一种最舒服的，也是最适合自己的表达方式，最终形成自己成熟的语言风格。

同学们喜欢哪种味道的"茶"，不妨就多"喝"一些，用心品味。

这里以诗化语言为例，谈一谈如何使自己的叙述语言充满诗意。

同学们写作文时一般采用白描的手法，就是用准确、朴素的文字，直白简练地叙述故事，刻画人物。但如果写小说还这么写，出来的作品可能会少了韵味。就像水煮白菜，不过就是白菜的味道而已。这时要多一些对于语言的琢磨。

作家何立伟特别喜欢摸索语言的诗化。他在

谈到自己的小说语言时说道:"我自己在小说的习作中,也很做过一些摆过来摆过去的试验的,譬如《小城无故事》中,'噼里啪啦地鼓几片掌声',改成'鼓几片掌声噼里啪啦',文字于是就起伏了一种韵律感。又如'城外是山,天一断黑,就要把城门关上',合成'天一断黑,就要把无数座青山关在城门外头',使语言因此更具感觉更具信息的密度,同时窃以为把话也说得含蓄,有反刍的意味了。实词的推敲可以鲜人耳目,虚词的布设又添了荡气回肠;忽张忽弛的音节节奏,使情绪的流泻如溪穿涧石;妙用的断句,就叫语气有了顿挫抑扬;而某种对语法规范的冲决,便得了感觉的芬芳的释放……这样种种试验的结局,不会不叫人意识到,语言的美的可塑性,实在是极大的艺术的空间。"[1]

把语言写得像诗一样,确实可以使被叙述的内容别具美感。我们初学写小说,文字不可太朴素,

---

[1] 何立伟:《美的语言与情调》,《文艺研究》,1986年第3期,第57页。

也不必追求每一句、每一段话都带有诗意。不过，如果能把白描与诗化的描写多结合一些，叙述就变得耐看了。

那么，同学们可以如何做呢？

①少用成语

为了形成独特的语言风格，第一步肯定是"破"，打破原有的语言习惯、语言惰性很重要。

我们读小学，学习写作文时，可能有些老师会提倡大家多用成语。在那个阶段，多用成语会显得作文比较有书面气息，比较成熟。但是，当我们的文本中充斥着大量的成语，写作就会变得死板，缺少鲜活个性。

有个例子，上文曾举过：

尹小八不依不饶地问："半只耳朵，是不是你当的小聒？"

尹小八梗起脖子几乎冲到他的脸前，咬着牙问："半只耳朵，是不是你当的小聒？"

很显然，第二句"梗起脖子几乎冲到他的脸前，咬着牙"比"不依不饶"这四个字更加不依不饶，更有感染力。

有些孩子很喜欢使用成语。"风和日丽的一天,我们兴高采烈地来到了博物馆,博物馆里应有尽有,解说人员可谓是博古通今,我们听得津津有味。"

这句话里,出现了"风和日丽""兴高采烈""应有尽有""博古通今""津津有味"等成语,但是我们并不会觉得这个句子美,甚至都不会留下任何印象。为什么?

一是因为这些成语太常见了。当它们大量出现在文本中时,我们总会有一种似曾相识之感,觉得不新鲜,难以吊起阅读的兴致。如果大家都写去博物馆参观这个材料,这几个成语估计会被很多同学用到,那么你的语言就缺少独特性。

二是因为成语是对彼情彼境的高度概括和提炼,往往抓其大意而略其枝节,省略了太多的细节。风是如何的和畅?太阳是如何的明媚?风吹在身上的感觉怎样?阳光下的植物怎样?我们是如何的高兴?唱歌了吗?说笑话了吗?应有尽有究竟都有些什么?一些我们完全没有想到的文物?是什么呢？博古通今又是如何表现出来的？是讲解员口若悬河？还是我们有什么问题他都能解答得令人满意？连一些刁钻的问题他都能应付得自如流畅？什么才算津津有味？是什么让我忍不住记笔记？是什么引发了我的联想从此在我心里埋下了一颗热爱考古的种子？这些问题，我们都应该问问自己，而不是一个场景出来条件反射般抓个成语糊弄上去。

这其实是一种语言思维的惰性。太喜欢用现成的说法，用前人总结的东西了，不肯尝试用自己的话来对场景进行描述。这种语言惰性不仅仅体现在成语的过度使用上，还有一些同学特别喜欢用一些流行句式和流行词汇，例如"陪伴是最长情的告白""蓝瘦香菇""颜很能打"等等。这样批量生产的语言，看上去似乎是时尚不落伍的，却食之无味。

只有有意识地放下这些现成的东西，尝试用自己的语言进行描述，抓一些真正属于自己的细节，语言的独特性才能在这种不断地自我摸索中渐渐形成。

②积累词汇

"破"好之后,就可以"立"了。

在优化小说语言的过程中,很考验自己的词汇量。你的词汇量小,你也许就只会用那么一两种最直白的词来表达。不是"美丽"就是"漂亮",不是 A 就是 B。但如果词汇量大,你的选择范围就广了。除了被用滥了的 AB,还会有新颖别致的 CD,甚至有令人眼前一亮拍案叫绝的 E。你在写的时候就不会出现词不达意的难过,下笔就会从容得多。

要想自己的小说词汇不那么朴素,我们必须踏上扩词之路。脑子里的词汇量大了,当写到某个地方想用个词儿时,它会自己蹦出来;反之,你可能绞尽脑汁也想不到一个恰如其分的词。临时翻词典查百度恐怕也不能从根本上解决问题。

平时积累的词汇,可以做一些大致的归类。归类不一定要准确,因为不是给别人看,而是方便自己使用。比如说写水,形容流水的样子的有潺湲(水慢流的样子)、汩汩(水流的声音和水急流的样子)、涓涓(细水慢流的样子)等;形容流水声音的有淙淙、潺潺、哗哗、叮咚等。

又比如说写草木的词,有葱茏(也作茏葱,草木苍翠茂盛的样子)、芳菲(花草美好而有香味)、菁菁(草木茂盛的样子)、扶疏(枝叶茂盛,高低疏密有致)等。

又比如说写云雾风雨的词,有霏霏(雨、雪、烟、云等很盛的样子)、拂拂(风轻轻吹动的样子,如微风拂拂)、拂煦(吹送暖意,如和风拂煦)、夕岚(岚是山林中的雾气)等。

又比如说形容美好的词,有婀娜(轻盈,柔美)、旖旎(柔合,美好)、安安(温和的样子)、娟娟(美好的样子)、粲(美好的样子,如文彩粲然;露齿而笑,如以博一粲)等。

又比如说对于颜色的选择。单红色一样,在百度一搜,就有"朱红、粉红、梅红、玫瑰红、桃红、樱桃红、橘红、石榴红、枣红、胭脂红、玛瑙红、铁红、棕红、暗红、鲜红、绯红、深红、淡红、殷红、艳红、亮红、血红……"

我一向喜欢色彩,鸽灰色、啤酒色、实木色、烟白色、春绿色……这些字眼本身就带给我一种甘美浓烈的审美感受，会让人在看见的同时在脑海里浮现出一片连绵的图画。在描述事物时，我会像画家一样在调色盘上反复配色，直到选出最巧妙最别致的颜色，最好能让人眼前一亮。比如"绿色的春天"，很普通，换成"翠色的春天"，好像就有那么一点俏皮劲儿了，还会让人联想到《边城》里的翠翠，而这么一联想，"翠色的春天"又多了点文学性。

③活用古诗词

积累词汇，不只上面谈到的这些形容词，还有古典诗词、俗话、歇后语等。特别是古典诗词、古代散文，再没有比它们更耐嚼的语言了。想让自己的现代文充满诗意，不妨去唐诗宋词元曲以及明清小品文中寻一些仙气与灵感。同学们熟读多了，一些优美的短句，稍微改动一下，就会变为一个个新颖别致的句子。"熟读唐诗三百首，不会吟诗也会偷。"我们写小说"偷"的不是哪首诗，而是某首诗词中的几个字，甚至这几个字也不是原先的，而是在原先几个字的基础上演化而来的。这就是词汇创新。古典诗词、古代散文一直是小说家创新词汇的源泉。如果一个作家小说词汇用得多，用得雅，这个人的古典文学底子必定很深厚。譬如宗璞、冰心、朱天文、胡适的作品中，处处都能看见古典文学的痕迹。

有些诗词本身就很有故事性，比如"记得绿罗裙，处处怜芳草"这句，我曾为它写过一个小故事：

记得绿罗裙，处处怜芳草。芳是十几岁的小姑娘，喜眉喜眼，笑声雪亮，招摇着引人侧目。草就该是芳沉淀后的宁和，带一抹淡淡的冷色。我总是想，绿罗裙其实该是一名年轻男子，怜香惜玉的。看见芳，是疼爱；看见草，是怜惜。后来岁月忽悠而过，绿罗裙渐渐老去，偶尔触景生情，想起曾经的过往曾经的芳与草，心生苍茫的感慨，却只是微微叹口气，随口吟出这么句诗来。

那一幕惊心动魄的往事，也不过这十字。

还有一些诗词，不是那么文言，不是那么晦涩，完全可以当作现代汉语来使用。比如张孝祥的《念奴娇·过洞庭》：

洞庭青草，近中秋，更无一点风色。玉鉴琼田三万顷，著我扁舟一叶。素月分辉，明河共影，表里俱澄澈。悠然心会，妙处难与君说。

应念岭表经年，孤光自照，肝胆皆冰雪。短发萧骚襟袖冷，稳泛沧溟空阔。尽吸西江，细斟北斗，万象为宾客。扣舷独笑，不知今夕何夕！

这首词里的"更无一点风色""著我扁舟一叶""表里俱澄澈""妙处难与君说""肝胆皆冰雪""万象为宾客""不知今夕何夕"……都是精练又易懂的文字，用在现代汉语语境中也很通顺。假使我们写一位天外高人，完全可以套用这些句子。也可以在使用时稍微变动一二，例如变"表里俱澄澈"为"眉眼皆澄澈"，变"肝胆皆冰雪"为"肺腑皆冰雪"，变"更无一点风色"为"更无一丝秋意"，变"万象为宾客"为"山水皆宾客"，在"不知今夕何夕"后再加一句"不晓此地何地"，既和我们的文本相契合，又增加了小说语言的耐嚼性。

明朝高濂《山窗听雪敲竹》是这样写的：

飞雪有声，惟在竹间最雅。山窗寒夜，时听雪洒竹林，淅沥萧萧，连翩瑟瑟，声韵悠然，逸我清听。忽尔回风交急，折竹一声，使我寒毡增冷。暗想金屋人欢，玉笙声醉，恐此非尔所欢。

你若把这段小文背熟了，"飞雪有声""山窗寒夜""雪洒竹林""淅沥萧萧""连翩瑟瑟""声韵悠然""清听""忽尔""金屋人欢""玉笙声醉"这些词就都记住了。写小说需要用到某个词时，这个词就会自己从脑海里蹦出来。还可稍为改动一下，变得更适合小说语境的需要。如"飞雪有声"可以改为"冻雪有声""飞絮无音"；"金屋人欢"可改为"金屋人声唱，他乡晨鸡啼""屋旧人愁"等。

还有很多诗词本身带着满满的情怀。比如"醉后不知天在水，满船清梦压星河。""几时归去，作个闲人。对一张琴，一壶酒，一溪云。""行行天未晓，携酒踏明月。""欲买桂花同载酒，终不似，少年游。""不恨天涯行役苦，只恨西风，吹梦成古今。"……读上去真的是口齿留香，余味满怀。这种东西念得多了，想不写一些酸溜溜的东西都难。

另外，一些明清的小品文也特别推荐大家读背。比如沈复的《浮生六记》，张岱的《西湖梦寻》《陶庵梦忆》等等。我常说小文艺小清新的鼻祖应该是小品文。因为小品文实在太能"装"了，而且"装"得又自然又优雅，颇有情趣。什么"月光对酌，微醺而饭……凉鞋蕉扇，或坐或卧"（《浮生六记》），什么"不亭、不屋、不台、不栏、不砌，弃之篱落间。花时不许人入看，而主人亦禁足勿之往，听其自开自谢已耳"（《陶庵梦忆》），什么"少焉，一轮明月已上林梢，渐觉风生袖底，月到波心，俗虑尘怀，爽然顿释"（《浮生六记》），不过寥寥数字，境界全出。

总之，你若古典诗词、古代散文熟读得多了，就能用意思相近或相反的词随心所欲地进行组合，形成一个个新颖、别致、典雅的短语，增加小说语言之味。

和我搭班的一位数学老师，就特别喜欢看一些古诗词古文，看完了还要和我讨论，然后用到课堂上，特别受学生欢迎。比如他听了学生给我背《桃花源记》,听到"初极狭,才通人,复行数十步,豁然开朗"这一句,就把它用到了数学课堂中,告诉学生解题时要找准端倪,一旦抓好突破口,便自然而然由"初极狭"变成"豁然开朗"。再比如讲一题多解,他要说"横看成岭侧成峰",讲借助已知条件,他要说成是"它山之石,可以攻玉"。估计很久之后,我们班的孩子回忆起他们的中学时代,会很骄傲地说"我的语文,全是数学老师教的!"

这些生活中的小事,都在告诉大家,丰富的词汇量能够增强表达的新颖度与精准度,特别有魅力。但这些要现学现卖是很难做到的,还是要靠日常的大量阅读,同时要边读边做笔记。我自己就有厚厚一摞各种各样的小本本,走到哪里都随身带着一本。很多时候,写小说并没有那么天女散花随心所欲,而是一件特别严谨科学的事。至少,我们需要一种认真的态度。

④恰当使用修辞

请一定把握住每一次适合用修辞的机会,特别要在比喻、拟人和通感上下功夫。当代小说名家的叙述中，修辞用得非常多，有些作者甚至绞尽脑汁也要想出一个别出心裁的修辞（特别是比喻）。这些修辞似一颗颗小星星，闪烁在文本中，令人眼前一亮。

举一对旧爱的例子：张爱玲和胡兰成，二者在语言雕琢上的水平旗鼓相当。但张爱玲的比喻胜在"奇"，胡兰成的胜在"味"。

比如张爱玲描写被男子热切注视着的薇龙：

> 她觉得她的手臂像热腾腾的牛奶似的，从青色的壶里倒了出来，管也管不住，整个的自己全泼出来了。

这种因他人瞩目而产生的自恋与蠢蠢欲动的活泼的情欲，因一个比喻妙趣横生。

再比如胡兰成描写日光：

> 下半昼的太阳斜进来，如金色的静。

居然把"静"这一形容词名词化了，而且是"金色的"，可不是嘛，那夏日午后的阳光，就是这么静悄悄的。

如果我们写的是儿童小说或校园小说，在叙述上不妨多用一些拟人手法。比如，我的一部儿童小说里有这样一段话：

> 他可以看见星星在互相眨眼睛，互相低声说话，还能看见一个人满夜空地采摘星星。他猜想星星一定是甜脆脆的，嚼起来嘎嘎响。他还特别同情从天上掉下来的星星，只在天空上一闪，划出一道长长的亮线，很快就看不见了。他有时担心这颗星星是被其他星星挤掉的，有时又害怕是吊着它的那根绳子突然断了，只好从天上摔下来。

孩子的想象力通过拟人化的表达传递了出来。不过，使用拟人时不要太露骨，写成大树爷爷、月亮姐姐什么的。哪怕是儿童小说，拟人也要尽量运用得含而不露，否则会显得幼稚。

如果你在比喻和拟人上都觉得难以出彩，那么还有一条路可走，就是使用通感。比如上面那个例子中，"他猜想星星一定是甜脆脆的，嚼起来嘎嘎响"就是一句通感。用味觉来表现视觉，除了能让我们感受到星星的特点，更给文本添了童趣——真真是个孩子呀，什么都想到吃。

再比如我在《七月轮舞》的一开篇写鸟鸣：

有鸟儿雪脆的叫声从七月的山间清晨纷纷抛下。

这里把听到的叫声通感为看到的实体，是"雪"样的，是可以"抛"的，并且似乎可以品尝到味道——是"脆"的。这样，自然比一句"鸟儿的叫声婉转动听"要更婉转动听。

再举一个我们的老朋友萧红的例子，她写她父亲的眼睛：

他斜视着你，他那高傲的眼光从鼻梁经过嘴角而往下流着。

就这一句，我都感到不寒而栗！被这样的目光笼罩着，萧红的心理感受是冰寒彻骨的。她把这种感受触觉化，仿若置身于水底中，浑身冰凉，难以呼吸。

如果你读诗，会发现很多当代诗歌就是一盘混淆五感的作品，明明是"阳光照亮了窗户"，非要写成"窗子被阳光突然撞响"(《窗下》),把视觉变为听觉,突出了阳光的生猛、亮烈。明明是"听到了可怕的咒语",偏偏写成"咒语把毛乎乎的爪子搭在我们肩上",把听觉变为触觉,好像真的增加了可怖程度,好像下一秒,就要被咒语巨大的嘴巴吞噬。还有诸如"春天把绿色狠狠扔在我们身上""嗓子眼里卡着浓痰、不满和诅咒"(《干燥剂》),"天空像环形的筛子/抖出了阳光的谷粒,永远/饥饿的行人在天空下慢慢行走"(《乌有镇的秋天》)……每一种正常的感觉都不用正常的手法来描写,BCDE 都可以成为 A,而 A 永远不是 A。挺悖论的,但是语言的张力与美感恰恰是通过这种"陌生化"实现的。这一点,我们可以从现代诗中借鉴。

记得读大学时,因认识几个武汉大学的诗人,常常走动,被他们带领着也陆续读了一些现代诗。很明显的,那时候写小说的语言受到了影响。创作于那个阶段的《光合作用》里,我写了不少蘸着诗意的句子。比如"许多冒泡泡的新鲜想法被她左右掂量着便琢磨旧了""就在她敲出最后一个句号时,出逃的念头便噌地跳了出来,举起大斧劈断思维的去路""沈九玖着迷于这张灯结彩的幻想。""睡意像蓬松的蒲公英一般四处飘荡。渐渐地,沈九玖的头顶上也落了白毛毛的一片""笑容噼里啪啦闪着热情的光""她终于找到属于自己的光合作用,她像欣欣向荣的植物一般陶然站立"……

很多初中毕业的孩子到了高中,都喜欢写诗,连最猴最皮的男孩子也要写出"请把我下沉的心带到那些/森林里,那些伐木丁丁的日子"(张卓尔,上海市中学生诗歌创作大赛一等奖获奖者,毕业于上海中学东校)这样的句子。青春就是要抒怀的,"诗酒趁年华",如果大家对这种语言的琢磨感兴趣,也可以尝试同时展开小说和诗歌的写作,也许你的路不止一条,只有写下去,才能慢慢知道。

2. 语言风格由内容决定

当然,并非所有的小说都适用于这种诗意化的语言风格。选择什么样的语言风格,其本质上是由你的写作内容决定的。比如说我们写一场异常艰难以少胜多的战役,就不大可能选择琼瑶式缠缠绵绵的语言风格,而需要选择一种豪放刚毅的叙述姿态;而写农村生活,就要尽量朴实、接地气,也不太会选择华丽丽的宫廷风语言。

陈忠实的《白鹿原》就是一个很好的例子。《白鹿原》最让我欣赏的,就是它的语言风格。一看那语言就是从黄土地里面长出来的。结结实实,还开了泼辣辣的花儿,结了红彤彤的果儿,在地里摇摆着,吮吸着阳光,逗弄着雀儿,招引着路过的顽童来偷摸。

白嘉轩听说黑娃要去城里参加"农讲所"后,说了这么一句话:"他坐在那儿看去像个先生,但一抬脚一伸手就能看清蹄蹄爪爪了。"从令人尊敬的"先生"到"蹄蹄爪爪"的小动物,真的是一句话道出黑娃的根儿。文本里处处可见这种拿小动物和地里庄稼来写人的手法,再如:"凭您这号痴熊闷种鳖蛋贱胚还想给我当长工?""稠密的人伙儿""人狂没好事,狗狂一摊屎""露水没籽儿,闲话没影儿"……乡村生活里头天大的事情无非就是牲畜和庄稼,话里话外都离不开这两样,真的是非常道地的语言。

写久旱逢甘露的时候,陈忠实是这样落笔的:

唰啦一声,院子和屋瓦上骤然响起噼里啪啦的雨声。鹿三从板凳上跳开去,跑到院子里,哇地一声哭了:"老天爷呀!"白嘉轩急得从凳子上翻跌下去,两个儿子早已奔到院庭里叫着跳着,他爬到门口又从台阶上翻跌下去,跪在院子里,仰起脸来,让冰冷的雨点滴打下来。雨势愈来愈猛;一片雨的喧嚣。整个白鹿村响欢闹声,叫声哭声咒骂声一齐抛向天空,救命的天爷可憎的天爷坑死人的老天爷啊!你怎么记得起来世上还有未饿死的一层黎民,鹿三一身透湿,拉着跪在泥水里的白嘉轩上了台阶,雨水像倾倒似的泼洒下来,一片泥腥气味。村子里的喧哗逐渐沉没了,大雨的喧嚣覆没了天空和地面……

这段文字反复在提及"老天爷"。鹿三的第一句话就是"老天爷呀!"叙述者也说"救命的天爷可憎的天爷坑死人的老关爷啊!"这可不就是老百姓最直接的反应吗?风不调雨不顺了,求老天爷,骂老天爷;风调雨顺了,谢老天爷,敬老天爷。这是农业时代祭天风俗的延续。在那个时代,黎民百姓真的是要靠天吃饭的。

我们很难相信,我要写一段黄土高原的乡下生活,却去采用华丽丽的语言风格。那就好比给老汉穿旗袍,怎么看怎么别扭。符合表达需要的语言风格,就是最好的。

当然,《白鹿原》并不是一味土到底的,而是以"土"打底,交叉运用各种语言风格。比如,白灵数落不识时务的鹿兆海:

你该不是从月亮上刚下来吧?城里的枯井几乎天天都有活人被撂进去,你却在这儿抒情。

我们能说这句话不够"土"吗?恰恰相反,这里正是需要这么一句略显浪漫的话,才符合女学生白灵的学识,才是有情人间的对白。

再如写圣人朱先生仙逝后众人的反应,那白孝文是"表示了诚挚的安慰和关切",这话我们哪里听到得最多?——新闻报道中。新闻报道里的官方说辞怎么会放到亲人之间来用?其实是在讽刺白孝文的官腔和虚情假意。再写白嘉轩时,叙述风格又变了:"哭着吼着扑上去用头撞击大门门扇,见不到姐夫的遗容就准备碰死。"又回到了朴朴素素冒傻气的农家风味,真情自然流露出来。这俩人谁是真心谁是假意,单单通过叙述风格的转变就表现出来了,实在是非常厉害的语言。

语言的你植种

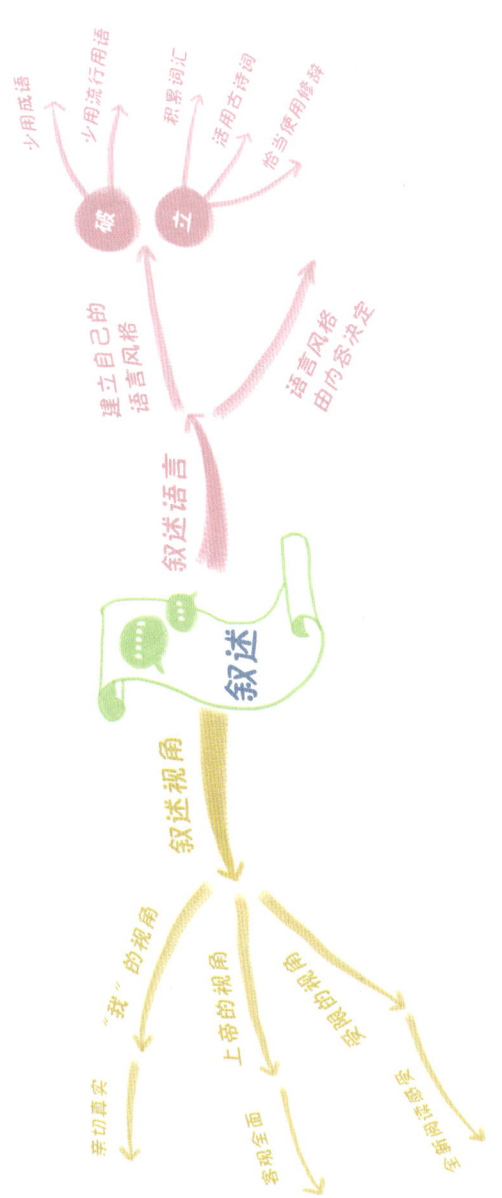

【习题与思考】

试着挑选一些古诗词,做词句的改编。

【拓展阅读】

北岛选编:《给孩子的诗》

第四讲
用放大镜看细节

一、为什么要写好细节

细节是拼图里的一片,是石榴里的一粒籽,是太空飞船上的一颗螺丝……就小说而言,细节是小说塑造人物、讲述故事的最小组成单位。

有一首民谣是这样的:"丢失了一个钉子,坏了一只蹄铁;坏了一只蹄铁,折了一匹战马;折了一匹战马,伤了一位骑士;伤了一位骑士,输了一场战斗;输了一场战斗,亡了一个帝国。"

写小说也是这样,细节决定了小说的"成败"。

我们会发现,很多时候,小说中情节的重大突转,人物心理的发展变化,其苗头甚至是根源,都来自这样的"细节"。虽然名字是"细节",貌似可以忽略,但肩负的使命却甚为重大。

有许多人曾经讨论过细节在小说中的各种作用，我不重述这些分析了。我对细节的理解可能不是理性的，而是带些感性。我觉得写好细节就是让小说变得真实、好看。就像一棵树上枝杈与树叶的关系。小说是一棵树，细节就好比枝杈上的片片叶子。有了叶子，这棵树就变得饱满、丰富，吹起一阵风，我们就能听到树叶的哗哗声；太阳出来了，就能感受到树叶的阴凉；若是落了雨，也能听见雨水打落在叶片上的那一片沙沙，沙沙。而随着季节的转化，树叶由绿而红而黄而褐，最终纷纷零落在大树四周。这一切，都是真实可感的。

比如前面举过的李若雨同学的作文《总有属于我的精彩》，里面有两个细节作者处理得很好。一是"瞥见老师那张登记才艺的表格上被填得满满当当，却有一行空着，应该是有我名字的那栏吧。"这个细节不得了呀！谁会留意老师手里的表格？只有那些没有才艺可说的孩子才会吧？这个小小的细节里面包含着多少挫败、失落，甚至是自卑呀。这一细节具有动人的力量。我们仿佛置身于文本之中，看见了这个总是默默无闻的小姑娘，她低垂着头，几乎是落魄地走出了音乐教室，惹人心疼。而一旦读者涌起这样的同情心，也就自然而然地期待起"总有属于她的精彩"。还有一个细节是，"鼓掌"贯穿了作文始终，不同的是，前两次是为别人鼓掌，最后一次，她把掌声送给了自己。同样的动作反复出现，每一次都担负着不同的使命，直至最后一次，随着那片属于自己的掌声响起，"我"终于迎来了"属于自己的精彩"，完美地揭示了主题。

这两处细节，给这篇作文注入满满的真实感，因真诚而动人。

可能有些同学会疑惑：这些写实的文本需要细节可以理解，而那些虚拟小说呢？

其实，越是"编造"的，作者越要注重细节的真实。

小说情节再怎么离奇，都要遵从最基本的逻辑，必须是属于树的各种枝叶，而不能变成草叶、藤叶。就像《哈利·波特》的情节编造得很离奇，但我们仍愿意"相信"真的有哈利，真的有霍格沃茨，真的有魔法，原因就在于它的枝叶还是树叶。

若是它长出了草叶或藤叶什么的，我们还会相信这是一棵树吗？所以，情节可以被夸大、神奇化，但其中的细节必须丰富而真实。在《哈利·波特》中，魔法世界体系庞大恢宏，但若细细考查，这个世界基本就是人类世界的夸张和变形。其大量的细节都是人性化的、生活化的、日常化的。罗琳为了提高我们普通读者对于魔法世界的感知度，专门设计了很多进入魔法世界的中介物，且大都是一些实在的建筑。例如国王车站 $9\frac{3}{4}$ 站台、常人看不见的格里莫广场 12 号、停业维修的淘淘有限公司、街头电话亭、家庭壁炉，甚至是地下公厕。大量看似真实的细节提高了读者对魔法世界的感知力和接受度。

再来看看村上春树的小说，这是一位喜欢写日常生活中的怪事的作家。读他的小说，会有一种感觉，里面的场景非常具有"可视"感。比如他交代主人公的起居室，一定会细致到杯子里的水有多少毫升都写得清清楚楚。我们来看他的《世界尽头与冷酷仙境》，这是一部典型的幻想小说：

值班男子于是把写有"小心易碎"字样并带有鸡尾酒杯图案的红色卡片别在提手处。我看着他把耐克牌蓝色旅行包认真地放在架上的合适位置以后,接过了提货证。接着,去报摊买了二百六十日元的信封和邮票,把提货证放入信封粘好,贴上邮票,写上以子虚乌有的公司名义设置的秘密私人信箱名称,用快信寄了出去。

这段语言,简直就像是用一架摄像机记录下来的。细节到卡片是写有"小心易碎字样"的,是"带有鸡尾酒杯图案"的,是"红色"的;旅行包是"耐克牌"的,是"蓝色"的;寄个信都要告诉读者信封邮票花了多少钱,如何操作的。这样的话,即使你明明知道作家在撒谎,在胡扯,你仍乐意沉浸在这样的谎言中。因为大量细节的铺垫,使得情节的离奇仍旧符合我们的心理逻辑。巴尔扎克曾说过:"小说是庄严的谎话,可是在这种庄严的谎话里,小说在细节上不实的话,它就毫无可取了。"

我的幻想小说《分岔路上遇见你》,写的就

是怪异的事。然而因为故事发生在非常日常非常邻家的背景里，没有人会计较写的是"假的"，只会在意这个明显是"假的"故事究竟想表达什么。

小说必须关注"枝叶"，着力于细节的刻画。小说的真实性是依靠细节来支撑着的。小说在叙事写人中，要使人物形象鲜明、突出，情节靠谱，顺水顺风，就必须使用丰富的细节，这样才能使读者如闻其声，如睹其人，如临其境。

有一次，我请同学们给"一个人很冷，他骑着桶去要煤，煤店老板不给，他就消失了"这个故事增加细节，使之显得真实。丁洋同学交上这样一篇作品：

> 男人伸出手，习惯性地去摸暖气的阀门，拧了拧仍不见暖意，一拍脑袋才想起来坏了。东北没有暖气可要怎么活，无奈只得去要点煤。
>
> 他跪趴在床底下，被里面飘忽不定的灰尘呛到，咳了两声。挥挥手待灰尘散去，从最角落拽住那仿佛被冻在地上的铁玩意儿爬了出来。
>
> 裹紧身上的衣服，想堵住每丝能让热气逃逸

的缝隙，刚打开门就险些被风吹回屋内。他嘀咕着咒骂了几声这鬼天气，搓了搓已然发红的鼻头，双手立马又缩回了袖子。这新年过得，真冷啊，男人嘟囔。

想了想得腾出一只手来拎铁桶，还贪恋棉花的温暖不肯伸出。他咬了咬牙，似是做出了一番决定，用力跺跺脚。那只铁桶，就咕噜噜自己滚到男人脚边来，不忘立正。

男人踩上铁桶，没有任何预兆，那桶，带着男人飞起来了。你说一个看上去也不特殊，也就一圆鼓鼓有些地方凹下去，口子还锈了的大家伙，整个被煤灰染得黑一块灰一块的，鲜少露出金属的银白，是东北再寻常不过的东西了。还是这男人不一般？不像啊，常年被风吹得有两团红色的脸，自带腮红一般只是品质差了些，下巴有细细的胡须，身形被裹着也看不出仙风道骨。

大雪把道路封个严实。每家门口摆好了扫雪的工具却无人，怕是冻得受不住吧。还好没人看到，男人心里正庆幸呢。径直驾着桶飘到了煤店门口，两串炮仗挂在对联旁边昭示新年的喜庆。苍老的木门有深褐的纹路,却煞风景地挂上了一把铁将军般的黑锁,那般生硬的黑色阻隔了一切来客。

这儿不会过年关门吧?然而门上的纸条无言回复着他。该死,男子眼见是不可能要到煤了,撇撇嘴又跺了下脚,消失了。

只有潜藏在街角的一只黑猫冷眼旁观了这一幕。

就这么消失了。

这个基础情节其实来自卡夫卡的《骑桶者》。在原著中,卡夫卡写道:"但她却解下她的围裙,试图用它把我赶走。遗憾的是她成功了。我的煤桶具有骑乘动物的一切优点,它没有反抗力,它太轻了,一个妇人的围裙就能把它从地上驱赶走。"一个围裙把一个人扇消失了,这个情节太诡异太不可思议了。没有细节,荒谬感丛生,再加上卡夫卡独特、变换的视角,怎么看都觉得这个故事更像一个寓言。读者并不会计较其真实性,而更在意其背后的多样寓意。

丁洋同学的作品则更加平和、规矩。她给小

说设置了一个大背景：东北、大雪、过年，有了这个具体的时间、地点，加上大量细节，一下子就使这个原本离谱的故事接了地气。加上"他咬了咬牙，似是做出了一番决定，用力跺跺脚。""还是这男人不一般？不像啊，常年被风吹得有两团红色的脸，自带腮红一般只是品质差了些，下巴有细细的胡须，身形被裹着也看不出仙风道骨。""还好没人看到，男人心里正庆幸呢。""只有潜藏在街角的一只黑猫冷眼旁观了这一幕"这些暗示，我们很容易联想到这个男人可能具有某种神奇的能力。这个故事就摆脱了卡夫卡式的寓言属性，进入到传统小说领域之中。是一次非常好的尝试。

二、如何写细节

取了个这么大的分标题，我也是蛮有勇气的。似乎有这么几个重点，值得初写小说的同学们去琢磨和体验。

一是观察。

这对小说家很重要。优秀的小说家都练就了

一双观察生活细节的敏锐的眼睛。"随时随地留意观察,是扩充经验的不二法门。"(叶圣陶语)别人没看见的他看见了,别人看见的他注意了,别人注意到的他已进入一种体察细致入微的境地。此处可以套用这句话:"他看见她的时候,她已看见他。她进入他视野的时候,他已成为她注视的对象"。(《恋爱中的男人》)这里面的"他"就像细节,可能会被旁人忽略了,但却进入了小说家"她"的眼睛。没错,如果你常写小说,你会发现,你就是比别人敏锐,比别人观察力强。你和一大群人一起去旅游,一起去看画展,一起去听音乐会,别人回来发朋友圈的都是AAAAAAA,你能发BCD。当观察成为习惯,你会很感谢写作。

如何才能成为一个善于观察的人呢?我的建议是:把自己当婴儿。

这一点完全是从我女儿牵牛身上领悟到的。世间万物对于小小的她而言都是全新的。我们习以为常的太多东西于婴童而言都很有趣,都值得探究,值得花上半个小时甚至是更长的时间。她常常会给我一些很细微的提醒。比如出门散步,她一到院子就问:"这是什么声音?""什么什么声音?"我完全没有听到任何值得注意的响动。"就是那个吱吱的声音。"我认真听了一下,才听到了知了的叫声。知了的叫声,大概在每一个没有暑假的成年人那里都是不值一提的响动吧?但如果你认真听了,会听到夏天来临的声音,听到暑假抱着大西瓜吹着电风扇倒在凉席上的童年的声音,听到和小伙伴们一起赤着脚举着竹竿爬树捉虫的往事的声音……

我们仿佛太习惯于我们的日常生活了,仿佛日常生活真的是"从复印机里印出来的",无聊透顶,乏善可陈。"熟悉"其实是一个挺可怕的感觉,它往往会引发"麻木"而不自知。"若只是一天到晚'宅'在家里看电视,玩电脑,玩手机,又如何细腻生动地描绘出人事物呢?一个对周遭环境无感的人,连春夏秋冬时令变迁都不知道,要如何叙述这世界的奥妙?一个连家人同学都不想搭理的人,怎能冀望他写出深情款款的文字来?而不屑理会身边的动物、树木、花草的人,又如何期待他能为生命的存在赞叹呢？"①

其实，在我们的日常生活中，真的会有一些非常光鲜的瞬间。它们穿着我们熟悉的外套，却又有着不一样的面孔。如果我们能把握住这样一些时刻，我们的内心就是灵动的，我们的眼睛就是清澈的。记得有一次秋游回校，每个人从大巴上下来都很疲惫，排着松松散散的队伍进班，就在快进入教学楼的瞬间，一个平日里文笔很好也很爱写作的女孩子迅速掏出手机，记录下了那时的天空。她的举动让我也忍不住把头抬得更高些，也看了看那时夕阳西下的天空。嗯，是挺美。

她能留心彼时彼刻天空的美丽，这就是一种非常微妙的写作能力。

可能有些同学会觉得"天空有啥看头？""我又不是郭敬明"。希望大家能尽量放下自己已有的生活经验，放下"没意思"的心理预设，用一种婴孩式的目光来打量四周。

---

① 朱天衣：《朱天衣的作文课》，贵州教育出版社，2016年版，第2~3页。

中考前夕，孩子们和老师们都异常紧张和疲惫，有一次晚自习，我巡查时看到走廊尽头的天空中，有一轮特别美的圆月。我走进教室，"有谁想看月亮吗？想看的出来，不要说话。"

大家陆续出来，一个男孩子脚扭了，也拄着拐杖出来了。我听见有人小声说"好无聊啊"，有人说"不会要写作文吧？"，有人说"作文素材"，有人笑。人群很快散去，最后留下了一个特别喜欢写月亮的男孩子，一个特别爱写小说的女孩子，他们一前一后地默默站着，我站在他们身后，心里觉得很静。

后来查寝，女孩子给我一张小纸条，还有一颗糖，纸条上写："月圆如饴，月黄如糖。"（章正）

男孩子也写了一段话给我看：

何为月圆也？以月之有晦矣。日朝出东方，则暮必西沉，是亦有盈虚也。万家灯烛长明，故辉莫与日月争。人亦然也，不弛不张，不忧不喜，不穷不达。驽马十驾而竭，骐骥百里始发。夸父者，巨人也，逐日不知止，长奋不知休，其亡也合应。

（瞿舍之）

好厉害，我只是默默感叹。同一轮月亮，每个人所感受到的是这么不一样。

二是放慢叙述节奏。

就是说，把本来可以一句话说清楚的事情放慢节奏，花上一段话，甚至是一页纸来讲。

我从学生作文中，选一段细节描写做些分析：

报完题目，我偷偷瞟了老爸一眼，只见他完全愣住了，好一段时间才反应过来。显然他很着急，一会儿用手撑着头，做思考状；一会用手指不停地敲击桌面；一会儿咬住笔杆，眉头紧锁，丝毫不顾我的催促。等了半天，也催了半天，我很渴，便起身去倒水。当我转过身来时，爸爸已经拿起笔开始算了。哈，总算有动静了。我一边往嘴里灌水，一边朝爸爸那儿凑去。"噗！"一口水从口中喷出，"设xx为x，xx为y，xx为z！你算得出吗？""噢，不对，还要设个a。"他不理睬我，自顾自地说道。

（华育中学预初学生徐若彤《爸爸做题》）

《爸爸做题》写的是一个并不擅长数学的爸爸，为了帮孩子寻找解题方法，总是愿意陪着孩子一块做题的故事。如果我们来写这个情节，可能大部分同学都会是"爸爸认真帮我解题"这么轻飘飘一句话带过了。这么写，首先，字数不够，你的作文肯定写不满600字；其次，太平淡，没有任何感染力，在真实性上大打折扣。这篇文章的作者，却通过"手撑头""敲桌面""咬笔杆""等到渴"等生动的细节描写，让我们仿佛看到了这样一位因认真而可爱的老爸。

你看，这些具体、生动的细节描写，把这个故事情节给支撑起来了。我一直认为，细节埋伏在情节的角角落落里。在写作过程中，我们需要手持放大镜，一直到你能够看清人物每一根神经的颤动、内心里每一个细小的褶皱。

当然，并不是所有地方都需要放慢叙述节奏。那样的话，行文啰嗦，情节推进缓慢，你作品的结构可能完全垮掉了。我们只需要在一篇小说中抓住那么几处典型细节进行细致刻画。那么，什么是"典型细节"呢?它指的是那些对于小说的命脉而言肩负重任的"点",把握好这些"点",已足够。

总之,写小说细节的方法,跟写作文的细节是相通的。所不同的是,写作文时,那些细节是客观存在的。我们只要像摄像一样把它记录下来,再进行裁剪、转化就搞定了。而小说的细节,得根据故事情节发展的需要,自己先去虚拟一个场景,然后把自己置于这个场景当中,用眼睛"看真实",用耳朵"听典型",用鼻子"闻特异"。在这个过程中,作者既是演员也是导演。先把人物演出来,再像导演一样仔细指挥拍摄、剪切、倒带重播,用最慢的速度呈现出那些微妙之处。

用放大镜:看细节

【习题与思考】

"一个老年天使受了伤,落到了我家院子里,后来伤好后又飞走了。"给这个故事增加细节,使之显得真实。

【拓展阅读】

马尔克斯:《巨翅老人》

上帝的修养

"你把我当作一个**出发点**,一旦抵达你那**银光闪闪的城市**,就再也不会**惦念**我了。"

——雷马克《凯旋门》

第三章
上帝的修养

看了上一章的一些小技巧,你那颗热爱讲故事的心是否已经蠢蠢欲动了呢?

别着急,这一章,我们来聊一聊我们自己。

小说家,用笔创造自己的国度,好像自己就是全能的上帝一样。其实,只有写过小说的人才知道,这个"上帝"当得有多么忍辱负重,多么心力交瘁,多么被自己笔下的世界玩弄于股掌之间。而且,并不是人人都能考取"上帝"资格证的。在真正上路之前,你还要准备许多……

第一讲
永恒缺席的老师

一、我们读的小说有价值吗

对于阅读,我们其实并不陌生。从小学到中学的语文课上,老师们都强调过阅读的重要意义,同时也会教给大家一些阅读的方法。不过,这都是从学好语文的角度来讲的。老师会引导学生去读一些好书。希望学生通过阅读好作品来增强语言理解能力与表达能力,以期"培养学生……高尚的道德情操、健康的审美情趣和积极的人生态度"(《义务教育语文课程标准》)。

我知道你们在语文老师的推荐书目之外,还有一个秘密的阅读书单。我很想问同学们一个问题:我们现在读的课外书有多大价值?

暑假我回老家小城,想看看正在读初三的表

弟都读一些什么小说,结果大吃一惊,只见他的四层书架上放着郭敬明系列,《羽》系列,《镜》系列,《龙族》系列,心灵鸡汤系列等等,每个系列都是厚厚的三四本,甚至多达十几本。我问他:"很流行吧?"他说:"当然啦,我们同学都看。"

这些小说系列书,每个系列的发行量都是几百万册,男孩女孩都爱看。可见,并不是中学生现在不读小说了,他们也在读小说,而且一个系列有好几本,几百万字,是要费不少时间来读的。但我看着他的书柜,竟然每一本书的作者都还健在。这似乎就有些不对劲了。这意味着,每一本书诞生的时间都不长,没有一本是已经接受了时光检阅的作品。也许几百年后,这里面也会有作品流芳下去,但就现阶段而言,表弟不读经典,只看流行,我就感觉到,他的阅读出现了很大的问题。

我由衷地希望,每一个看到这本书的孩子,能沉下心去读"经典"。经典之所以能够成为经典,是因为它历经岁月的历练和沉淀,经得住时间的检验。"经典是我们道听途说自以为知之甚多,

却在真正阅读时发现它们愈加独一无二、出乎意料并且独具创意。"（卡尔维诺语）

记得朱天文还是朱天心说过一句大意是这样的话：一个读琼瑶长大的孩子，和一个读张爱玲长大的孩子，是没有可比性的。我很认同这个说法。你接受的是怎样一种文化的辐射，是把小说当作消遣物还是营养品，只需看一看你的书架便可知晓。

曹文轩曾指出过："现在中小学的阅读生态不太理想，……今天孩子看的太多的书没有文脉，对成长和写作没有用处。"[①] 华东师范大学许纪霖教授也说："今天大量的阅读实际上严格上来说是一种消费、娱乐，不具有生产性，就是赏心悦目、打发时间的轻阅读。我们需要一些认真、沉重的阅读，因为阅读对一个爱读书的人来说不仅是消费性的，我们希望它还是生产性的，希望它能点亮我们的内心，点亮我们的灵魂，激发我们自身内心的一些思考，然后自身能够生产，培养自己

---

① 沙璐：《曹文轩：孩子们看的很多书都没有高贵血统》，新浪网，2016年4月12日。

一种批判性思考能力，这是一个健全的人格的核心。"①

当然，如果是从作家阅读的角度来讲，则不必太过拘泥于所谓的经典，而需要有点追求"自由而无用"的态度。这点可能大家都能有所体会。我们为何会有想要写小说的念头？那一定是因为我们曾经读过很多小说，这些小说太美好太动人，吸引着我们也想自己去尝试。可当初我们是抱着"我要成为一个作家"的念头来进行阅读的吗？恐怕未必。我们只是喜欢阅读小说罢了。带着这一份热爱，我们不妨尽量拓宽自己的阅读范围，什么类型的小说都读一读，作家、流派的涉猎也是多多益善。流行小说可以读，语文老师没有推荐的书可以读，甚至那些现阶段不被一些老师看好的作品，比如武侠小说、科幻小说，我们都可以有所涉猎。

但我们绝不能沉迷于通俗小说（甚至是低俗

---

① 许纪霖：《互联网时代，我们为什么还要读书？》，京社科，2016年8月3日。

小说）当中，沉迷于一种消费式不痛不痒的阅读。相信大家如果真的是"什么都读"，过了一段时间，选书的标准自然会提高，会出现看一些小说看不下去的情况，并由衷为自己的阅读眼光而骄傲。

不断打破自己认知的藩篱，面朝经典，心中自会花开。

二、影响"我"的小说

大家可能都有体会：你已经读过很多小说，但是大部分都被时光的洪流冲刷得有些斑驳残缺，没留下多少印象了。但是，仍有一些小说还保持着与你最初相遇的宏伟与壮观，即便夕阳西下，也掩盖不了它永恒的光芒。

这样一类小说，它们对我们的影响是难以表达的。绝不仅仅局限在文学领域，它们甚至对我们的精神、生活、成长都产生过一定的影响。

著名企业家潘石屹曾坦言，《平凡的世界》是对他一生影响最大的小说，"没有任何一部小说可以超越它，它陪伴我一起度过了人生最低潮的时间,能够从我的心里面引起共鸣。《平凡的世界》是我看过的最美小说,没有之一。"①

对国学大师季羡林影响最大的书之一是《红楼梦》。他说:"读这样的书是好是坏呢?从我叔父眼中来看,是坏。但是,我却认为是好,至少在写作方面是有帮助的。"(季羡林:《对我影响最大的10本书》)

2003年,小说家余华、莫言、苏童以一流小说家的眼光,选出了对自己创作影响最大的短篇小说(见下表),并由新世界出版社结集出版。

小说家	影响"我"的10部短篇小说
余华	《青鱼》(杜克司奈斯)、《在流放地》(卡夫卡)、《伊豆的歌女》(川端康成)、《南方》(博尔赫斯)、《傻瓜吉姆佩尔》(辛格)、《孔乙己》(鲁迅)、《礼拜二午睡时刻》(马尔克斯)、《河的第三条岸》(罗萨)、《海上扁舟》(斯蒂芬·克莱恩)、《鸟》(布鲁诺·舒尔茨)

---

① 许青红:《潘石屹王雷谈热播剧〈平凡的世界〉:成就最好的自己》,人民网,2015年3月14日。

续表

小说家	影响"我"的10部短篇小说
莫言	《灯塔看守人》（显克微支）、《南方高速公路》（科尔塔萨尔）、《死者》（乔伊斯）、《普鲁斯军官》（劳伦斯）、《巨翅老人》（马尔克斯）、《公道》（福克纳）、《白净草原》（屠格涅夫）、《乡村医生》（卡夫卡）、《桑孩儿》（水上勉）、《铸剑》（鲁迅）
苏童	《威克菲尔德》（霍桑）、《万卡》（契诃夫）、《羊脂球》（莫泊桑）、《傻瓜金佩尔》（辛格）、《纪念艾米莉的一朵玫瑰》（福克纳）、《阿拉比》（乔伊斯）、《第三者》（博尔赫斯）、（鸿鸾禧）（张爱玲）、《圣诞节忆旧》（卡波特）、《马笞头》（卡佛）

从这几位作家的传授中，我们看到了几位"课本常客"，比如：鲁迅、欧亨利、莫泊桑、契诃夫。老师想说的是，大家千万不要以为这些作家就仅仅是课本里呈现出来的样子（课本常做了删改），也不要以为他们就仅仅是你的语文老师讲出来的

样子（老师往往要求答案统一）。千万不要被"标准答案"带进死胡同，而要以一种开放性的、全新的目光来重新解读作品，进行更多的拓展。

其实，老师关于"好"小说的标准也在不断变化。从年幼时喜欢看情节性强好玩的，到十几岁时喜欢看语言新奇优美的，再到读中文系时喜欢看花样多、形式新、内容晦涩的，再到工作后喜欢看"好看"不费脑的，直到现在，喜欢看有哲思、有生活理念的。印象深刻的小说也有不少，长篇小说就有《红楼梦》《复活》《白轮船》《罪与罚》《安娜·卡列尼娜》《荷花时期的爱情》《鼠疫》《活着》《长恨歌》《世界尽头与冷酷仙境》《百年孤独》《流浪的星星》《生命中不能承受之轻》《岛》《参加婚礼的人》《白鹿原》《平凡的世界》《地海传奇》《两个意达》《野葫芦引系列》《穆斯林的葬礼》等等。

三、阅读对写作的两大好处

阅读，其实是向一位缺席的老师学习。通过"阅读"这种与文本之间对话的过程，可以让我们不知不觉地步入写作之门。我们的任何问题，都能通过"多读"找到一个醍醐灌顶的时刻。即便是那些入了门的写作者，通过阅读也同样可以提高自己的文字鉴赏能力与写作技巧。

金庸的《笑傲江湖》有一节是写田伯光逼令狐冲下华山的故事。令狐冲打不过田伯光，只得钻进一个山洞去一会儿，再出来时，就可以多接他几招；然后又溜进山洞一会儿，再出来时，又能多接他几招。这让田伯光惊讶不已，始终弄不明白那山洞里到底藏着什么秘密。两个人就这样一次次比下去，田伯光最终成了令狐冲的手下败将。那么令狐冲打败田伯光的秘密是什么呢？山洞里藏着魔教破五岳剑派的图谱。令狐冲进去一次就强学几招，他终于学会了前辈刻在石板上的绝技，一举打败了田伯光。

我们学习写小说不也跟令狐冲学习前辈剑谱是一个道理吗？阅读别人的作品，除了欣赏作品本身，可能还有一个你意想不到的效果——潜移默化中，你悄悄偷来了别人的"写林秘诀"，并练成一流的"写林高手"。

美国作家斯蒂芬·金说:"你如果想成为作家,必须首先得做到两件事:多读,多写。据我所知别无捷径,哪个作家都得干这两件事。"[①]他认为学习写小说的人,经常读别人的小说,对自己的写作有两大好处:

第一,如果读的是一本写得不怎么样的小说,可能会激发他的创作动机——这么烂的文笔也能发表,也能出书,也能赚钱,我比这个作者强一百倍!

这确实是经验之谈。我快要上初中那年,爸爸给我订了一份江苏版的《少年文艺》。那时,我从来没动过在上面发表文章的念头,只是很羡慕那些常常出现大名的作家,各种敬佩仰视。等到上了初二,我的阅读眼光高了,突然间,我发现有些上面发表的文章不就是高级作文嘛,我也能写出来!于是,我开始偷偷地写,写完了用铅

---

① 〔美〕斯蒂芬·金著,张坤译:《写作这回事》,上海文艺出版社,2014年版,第124页。

笔工工整整地抄在几张作业纸上,配上插图,才拿给爸爸,让他帮我寄给《少年文艺》。过了大半年,我在学校收到了编辑部的来信,说我的文章写得很生动,拟将发表。所以,感谢阅读,感谢那些我觉得不咋地的文章给我自信促我动笔。谢谢你们开启了我的写作大门。

读烂作品还有一个好处——让你自己避免跳坑。通过阅读我们知道了一篇小说不好在哪里,那么在接下来的写作过程当中,就会尽可能地规避。这就像我们走在大街上,看到一些穿搭特别诡异的人,什么肉色裤袜啦,满钻的黑皮靴啦,紧身到赘肉尽显的连衣裙啦等等,这些辣眼睛的视觉经验会帮助我们自己不要触雷。

斯蒂芬·金说的第二个好处是:"好的作品能教给学习写作的人风格、优雅叙事、情节发展、丰满可信的人物创作,还有实事求是的态度。一部《愤怒的葡萄》这样的小说可以令一个新手作家充满绝望情,还有那种美好而古老的嫉妒——'我永远写不了这么好,哪怕活上一千年'——但这种感受可以变成激励,诱使作家更加努力,把目标定得更高远。一个好故事再加上好文笔，能让人读得血脉贲张，仿佛被击倒在地，这是任何一个作家经受锻造的必由之路。"①

许多作家都会从自己喜欢的小说中吸取养分。像王安忆的短篇小说《小鲍庄》，就可以看到《百年孤独》的影子，莫言的小说也受到过《百年孤独》的影响。

我父亲单位的一个同事，是河南文坛"八大金刚"之一。他是70后，比我大了几岁。我高中在《青年文学》发表作品时，他的作品还只能在省市一级的杂志上发表，投给《青年文学》的稿件都被退回来了。可他后来几年，花了大量时间去阅读名刊上发表的作品。他把国内最有名气的大刊如《人民文学》《收获》《当代》等等上的名人之作一篇篇地仔细阅读、研究。读得一多，他悟出了写作的门道。这几年的作品越写越好，除了被《小说选刊》转载，中国作家协会的"文

---

① 〔美〕斯蒂芬·金著，张坤译：《写作这回事》，上海文艺出版社，2014年版，第125页。

学之星"丛书还出了小说专集。几年后,《青年文学》终于在头条发表了他的短篇小说《一次相聚》。这篇小说去年还获得了河南省的最高奖"杜甫文学奖"。他自己也说,如果不是大量阅读,自己可能还处于盲目的摸索阶段。

还有一个真实的例子来自我自己。研二为毕业论文选题,我决定以《哈利·波特》为例,写我对于幻想类儿童文学作品的看法。那段时间为了给毕业论文搜集素材,我阅读了当时能够找到的所有的幻想类儿童文学作品。读到后来,毕业论文还没写完,先创作出了一篇幻想类小说《分岔路上遇见你》。这篇小说还获得了首届"读友杯"全国少儿类型文学大赛二等奖(一等奖空缺)。

曹文轩在谈写作时也说:"写作其实是阅读的一个补给。在没有阅读的前提下,写作其实是不存在的。阅读的质量决定了写作的质量。所以我更多地愿意向现在的青少年,向那些愿意写作的青少年特别强调阅读对于写作的意义。就我个人的经验而言,从阅读和写作的时间分割上来看,大概是七分阅读、三分写作。虽然我写了那么多东西，大家可能以为我一直在写作。其实他们不知道我大量的时间是用在阅读上的。因为在我看来，如果我不阅读，我的写作就会停滞在一个状态。我走了那么长的路，经历了那么多的事情，发现一个事情：从前曾经显示出强大写作能力的人，曾经在一段时间发表过一连串让这个世界震惊的作品的人，突然在某一天早上，好像他整个的创造力就停止了。在我看来，这种人就已经失去了成长能力。于是我就在问，成长能力是从哪里来的？怎么维持这种成长能力？我想大概还是要回到阅读上来，问题还是出在阅读上。所以我对青少年写作者的建议就是，一定一定拿出更多的时间放在阅读上。"①

对我而言，不论是创作小说，还是教书育人，都是一种持续不断的"输出"，输出到了一定阶段，作为能量发送者必然是疲倦干瘪的，大脑必然是"饿"的。这个时候，一定要埋首于书籍当中，

---

① 《曹文轩：对现在的青年写作者而言，记忆力比想象力重要》，澎湃新闻，2016年8月4日。

去汲取那些流动着的元素,进行"输入"的工作。等到"输入"进来的养料再次激发出我体内鲜活的能量,才可以再次"输出"。

四、阅读时可以做些什么

如果你只想单纯地读小说,并不打算自己也去写,那么,把一篇(部)小说读下来了,得到了精神上的愉悦,甚或对一些问题的思考,也就达到目的了。但如果自己也想写小说,就不能陶冶完情操就完了,最好能在心里再问几个为什么:为什么这本小说这么吸引我?我是喜欢它的语言,还是它的故事情节?还是它独特、新颖的写作手法?如果是语言,这本小说的语言有些什么特点?如果是故事情节,那这些情节是如何设计的?……恐怕都得进一步去体会、分析、求索。

在这样的思考过程中,我们不妨学着做笔记,一是记录下那些你喜欢的句子、惊艳的用词,这种记录小本本我有厚厚一叠。二是随手做点评。比如我在读《两个意达》时,写下了"物的朴素、深情恰恰反衬出人的残酷、盲目"这样的点评；在读《边城》时，又在"翠翠在风日里长养着"这句话旁边做了批注："只这一句，一个天然而成的女孩子便活过来了。"

乾隆当年就喜欢疯狂地在字画上批注盖章，虽然屡屡被后人吐槽破坏了文物，但他自己肯定是享受的，是不吐不快不批不爽的。我们现在在自己的书旁边做笔记就不存在"破坏文物"的嫌疑，是百利而无一害的。

在书上批完了，如果还存在没批爽的情况，还可以再写篇小文来畅所欲言。

这里，我也举出两部中短篇小说，与同学们一道分享，看看我们在阅读的时候，除了单纯的"喜欢"，还可以有哪些切入文章的角度。

1.《棋王》（阿城）

（《棋王》较长，这里不做选录。）

记得读完《棋王》后，我心里面挺绝望的，也挺清醒——我写不出来真正意义上的好作品了。因为我不够沉重。

对于《棋王》，阿城的野心其实很大。他想

探讨的是一个在文学领域几乎是永恒的话题——物质与精神，或者说，是肉体与精神，是世俗生活与精神理想。毛姆的《月亮与六便士》也是如此，月亮代表仰望着的理想，六便士则是最细微的现实。

传闻《棋王》原本的结局是：王一生因为棋下得好，被上面看中招了过去，从此衣食无忧，也不再下棋。这个结局简直太痛苦也太直白了，一个天才真的会在物欲满足后泯然众人吗？真的只有苦难才能与才华相伴吗？

纵观史实，好像这个结局是很正常的。太多人在过上幸福的日子后，便没有了当初与现实硬碰硬的生命力。文学创作也往往是这样。太幸福的人没有书写的权利。人生顺畅的人，通达、乐观、天真，对于矛盾、撕裂、苦难都缺少体会，自然书写不出有深度的作品。李煜的亡国，李清照的南渡，曹雪芹的"举家食粥酒常赊"……这些日常生活中的苦痛造就了他们创作上的辉煌。

但对于现存版本的结局，我也爱。阿城是不否定衣食为本的。"不做俗人，哪儿会知道这般乐趣？家破人亡，平了头每日荷锄，却自有真人生在里面，识到了，即是幸，即是福。衣食是本，自有人类，就是每日在忙这个。"所以文本里头有一个最有力量的人物，虽未露头，却支撑着王一生，也为文本带来一种神圣的暖意——就是王一生的妈妈。这位从窑子里走出来的女子，几番改嫁，人生百味算是识尽了。她教育儿子："下棋下得好，还当饭吃了？""先说吃，再说下棋。"这是底层人民的生存格言，温饱都保障不了，谈什么理想追求？这格言最是朴素，最是天经地义。这样的东西是有生命力的。所以"我"在观看王一生下棋时，没有想到什么神圣的东西。"我心里忽然有一种很古的东西涌上来，喉咙紧紧地往上走。读过的书，有的近了，有的远了，模糊了。平时十分佩服的项羽、刘邦都目瞪口呆，倒是尸横遍野的那些黑脸士兵，从地下爬起来，哑了喉咙，慢慢移动。一个樵夫，提了斧在野唱。忽然又仿佛见了呆子的母亲，用一双弱手一张一张地折书页。"

——最底层的生命里，自有真人生在。

这是我解读出来的一层意思。

与此同时，文本里还有一个维度，一个谈"可囿在其中，终于还不太像人"的维度。文本里出现了三类艺术家：一个画家，"生活太具体了，幸亏我还会画画儿"；一个爱好文学的我，"可是我常常烦闷的是什么呢？为什么就那么想看看随便什么一本书呢？电影儿这种东西，灯一亮就全醒过来了，图个什么呢？可我隐隐有一种欲望在心里，说不清楚，但我大致觉出是关于活着的什么东西"；再一个就是王一生，"何以解忧，唯有下棋"。

这三类人，面对现实的生活，在感慨"太具体""烦闷""忧"，在我看来，"太具体"是比"烦闷"和"忧"更可怕的事。生活到底具体到了什么程度呢？一具体，就完全没有了粉饰与遐想的空间，生活是不肯让你"距离产生美"的，而是横鼻子竖眼睛，面对面紧盯着你，连打个盹儿做会儿梦的时间也不肯施舍于你。你要操心一日三餐柴米油盐，要和各种各样的人打交道，要保全家庭，要求生，求好——这都是不易的事。

尤其在那样一个一地鸡毛的年代，生活坚硬到令无数人撞得头破血流。早饭吃了要忧心中饭，中饭对付了要忧心晚饭，晚饭有着落了还要忧心夜里住在哪里……作为一个"人"，成天只是为了这些而奔忙，到底不甘心。

百姓观念里，找口饭吃不能靠下棋、看书、画画这些精神上的东西。"你在棋上怎么出息，到底不是饭碗"。这些不过是"闲趣"，是吃饱了没事做时的一种锦上添花的富贵玩意儿。但仍旧有那么一些从百姓当中摇摇摆摆长起来的人物，他们也要果腹，也要生存，但与此同时，他们还要艺术，要精神。他们不要囿于烦琐的具体的生活，他们需要一个可以让大脑驰骋的空间，哪怕手里做着糊口的活儿，心也要飞走，要在生活的罅隙里见缝插针地飞。

这两种人，矛盾吗？阿城没有说，连其高下也没有定论。本也不是什么好争论的话题，存在即是合理，他只是展示给我们看。

所以文本里出现了两类"咿咿呀呀地唱"的人，这个令我印象颇深。一个是个傻子。"一个傻子呆呆地在街中心,咿咿呀呀地唱,有人发了善心,把他拖开,傻子就依了墙根儿唱。"在那个年代,棋王可不就是"棋呆子"?连上总是想找本书看的"我",洗个澡也能找机会画裸体速写的画家,"我们"就是那个年月哪怕被时代的洪流"拖开",仍旧要"唱"的傻子。棋王用象棋在唱,我用文字在唱,画家用画笔在唱——再不合时宜也要唱他一唱!

这类人执拗得可笑,又令人肃然起敬。哪一朝哪一国,哪一行哪一隅,若是冒出一两个这样的"傻子",倒是我们人的一件幸事。

同时在唱的还有山民。那些肩荷重负的山民,那些满面烟火色的山民,那些不知有汉无论魏晋的山民。"我却还似乎耳边人声嚷动,眼前火把通明,山民们铁了脸,肩着柴火林中走,咿咿呀呀地唱。"

两类人都在文本中生生不息地唱。底层的远景和傻子式的追求被阿城双手接过,又从《棋王》中继续流淌出来。其中的矛盾、冲撞、纠结、苦痛,其中的真诚、热爱、纯真、执着,也会继续佝偻而行,在文学长廊中咿呀不休。

阳信某翁者,邑之蔡店人。村去城五六里,父子设临路店,宿行商。有车夫数人,往来负贩,辄寓其家。一日昏暮,四人偕来,望门投止,则翁家客宿邸满。四人计无复之,坚请容纳。翁沉吟思得一所,似恐不当客意。客言:"但求一席厦宇,更不敢有所择。"时翁有子妇新死,停尸室中,子出购材木未归。翁以灵所室寂,遂穿衢导客往。入其庐,灯昏案上,案后有搭帐衣,纸衾覆逝者。又观寝所,则复室中有连榻。四客奔波颇困,甫就枕,鼻息渐粗。惟一客尚朦胧。忽闻灵床上察察有声。急开目,则灵前灯火,照视甚了,女尸已揭衾起,俄而下,渐入卧室。面淡金色,生绢抹额。俯近榻前,遍吹卧客者三。客大惧,恐将及己,潜引被覆首,闭息忍咽以听之。未几,女果来,吹之如诸客。觉出房去,即闻纸衾声。出首微窥,见僵卧犹初矣。客惧甚,不敢作声,阴以足踏诸客,而诸客绝无少动。顾念无计,不如著衣以窜。裁起振衣,而察察之声又作。客惧,复伏,缩首衾中。觉女复来,连续吹数数始去。少间,闻灵床作响,知其复卧。乃从被底渐渐出手得裤,遽就著之,白足奔出。尸亦起,似将逐客。比其离帏,而客已拔关出矣。尸驰从之。客且奔且号,村中人无有警者。欲叩主人之门,又恐迟为所及。遂望邑城路,极力窜去。至东郊,瞥见兰若,闻木鱼声,乃急挝山门。道人讶其非常,又不即纳。旋踵,尸已至,去身盈尺。客窘益甚。门外有白杨,围四五尺许,因以树自幛,彼右则左之,彼左则右之。尸益怒。然各浸倦矣。尸顿立。客汗促气逆,庇树间。尸暴起,伸两臂隔树探扑之,客惊仆。尸捉之不得,抱树而僵。

道人窃听良久,无声,始渐出。见客卧地上。烛之死,然心下丝丝有动气。负入,终夜始苏。饮以汤水而问之,客具以状对。时晨钟已尽,晓色迷蒙,道人觇树上,果见僵女。大骇,报邑宰。宰亲诣质验。使人拔女手,牢不可开。审谛之,则左右四指,并卷如钩,入木没甲。又数人力拔,乃得下。视指穴如凿孔然。遣役探翁家,则以尸亡客毙,纷纷正哗。役告之故。翁乃从往,舁尸归。

客泣告宰曰:"身四人出,今一人归,此情何以信乡里?"宰与之牒,赍送以归。

蒲松龄的确是讲故事的好手。《狼》是我们的考试篇目,不到十行的篇幅,把一个屠夫遇狼的故事讲得十分曲折完整。在如此短的篇幅内把故事讲得如此饱满,太难了。我们一些同学喜欢看鬼怪小说,觉得刺激。我们今天借由这篇《尸变》,来谈一谈小说的叙述节奏。

故事开篇告诉读者,"村去城五六里",先提供了一个比较荒僻的地点,接着交代"有车夫数人,往来负贩,辄寓其家",人口流动性高,这样的地方,往往安全隐患大。"一日昏暮",在白昼与黑夜的交替时分,主角陆续登场。客被安排进入停有尸体的房间后,"灯昏案上"。读到这里,有经验的读者应该已经隐隐觉得"不对劲"了,你的心脏自然紧缩,眉头自然皱起,整个故事的气氛已经营造到位了。

在我看来,小说最恐怖的地方不是女尸追客把客追得狼狈逃窜时。那种动态的效果也吓人,但人至少是能动能嚎的，能四处求救的，还有自我争取的空间。

小说最恐怖的地方，恰恰在前半段。

大家陆续沉睡，一人听到异动睁眼看时，便看到了尸体，而看到尸体的第一眼，那尸体"已揭衾起"，丝毫不给人以反应的时间。试想，夜深人静，客居他乡，眼睛一睁看见一个尸体正向自己行来。个中滋味，何其恐怖！第一次女尸来吹气，该客缩在被中逃过一劫；第二次客欲逃，"裁起振衣，而察察之声又作"，又不给人丝毫的缓冲时间。黑暗中，人的听觉通常会变得异常灵敏，一点点动静会被无边的黑暗放大，而彼时彼刻的"察察之声"，正是催命之音！而那"察察之声"正越来越近，越来越近……

试想一下"装死"的感觉，你明明能动，能喊，能跑，却偏偏不敢动，不敢喊，不敢跑。你的身体是僵的，每一根头发丝都竖起来，都像一个灵敏的雷达在捕捉着那越来越近的察察之声。而越是不敢动不敢出声，其内心的恐惧越是巨大。每一次心跳都如擂鼓在轰鸣，每一丝喘气都如狂风扫过境,都在提醒着死神——这里还有生命,你来。

这种时刻,文本里的客对于时间的体会一定会是"难挨"的,是度秒如年,是每一瞬都仿若一生那么长和艰难的。

而外化在小说中,就意味着叙述节奏变得极其缓慢。就好比憋了一口气,在憋气的时间里,时间被无限复制延长。仿佛博尔赫斯的迷宫,怎么也走不出,怎么也抵达不到终点。每一个瞬间都变得极其沉重、艰涩,难以推进,甚至于趋向停滞。由此,小说的内部时间被拉到最长。

在极其缓慢,几乎停滞的叙述时间之后,好的作家必然会安排一段快速的叙述节奏。蒲松龄就是好作家。他太了解读者的阅读心理,一口气憋了那么长时间几乎快憋死了,那么就来一段激情释放。客在逃,尸在追,读者也仿佛赤足奔波于那邑城路、东郊、山门间,跟着客左躲右避。内心有恐惧吗?当然也有,但那恐惧随着客的"且奔且号"输出了,被发散到了空气里、山道上,甚至被一个活人"道人"看到了眼里——当文本里引入了一个活人的时候,故事的恐怖程度自然而然就降下来了。

这一段的叙述甚至可以说是明快的。恐怖被外释,而不像之前是被严丝合缝地捂在心尖尖上。大家可能也有体会,当你害怕时,如果能够说出来,讲给别人听,好像就没那么害怕了。叙述的减缓和加速带来了非常精彩的阅读体验。

体验一篇好小说的妙处,除了自己去"悟",去探索思考,从以下三个方面来了解作家与作品,也是不错的捷径:

一是去读作者自己写的序、后记、创作谈。在这些东西中,作家往往会谈到自己创作这部小说的心路历程。譬如他为什么要创作这篇(部)小说?即所谓创作动机。他的创作灵感来自哪里?他是如何深入生活的?他创作的人物形象有哪些生活中的原形?他在创作这部小说过程中经历过一些什么事?这些事对创作有过什么影响?……

路遥《平凡的世界》出版后,他的创作随笔《早晨从中午开始》写了5万多字。路遥在文中记录了他写作《平凡的世界》时的生活、思想和感情经历。读了《早晨从中午开始》,读者对《平凡的世界》这部小说就会有更加深入的理解。

二是去读别人写的序、跋、读后感,还有文学评论。这类文章往往会帮助我们更好地理解作品好在哪儿,还有哪些不足。这无疑对一个新手学习创作是有帮助的。不过,现在许多写得不怎样的小说,也都请人写了序,甚至用钱来买名人写文学评论。这样的序、文学评论有可能会故意拔高作品的文学价值。

三是去读小说鉴赏之类的文章。这类文章不同于作者自己写的创作谈、创作随笔,也不同于一些带有功利性的小说评论。被鉴赏的小说,往往都是经过选拔的文学作品,本身有很高的文学价值。写文学鉴赏的人因为没有功利来左右自己的思想,写出的文章相对客观。

如果你认真读了前面我写的《棋王》《尸变》这两篇小说的小鉴赏,可能会读到一些自己有感触的地方,也会读到一些自己没有想过的地方,也许会对你理解这两篇小说有所启发。如果同学们看这类鉴赏文章多了,不仅可以提高自己的文学鉴赏水平,也可以渐渐地从中悟出一些写小说的诀窍，在潜移默化之中提高自己的写作水平。

五、由阅读到写作的途径

根据许多小说家的经验，链接阅读与写作两大块内容的桥梁，非仿写莫属。

初学画画的人，最先都是比着一张画来画。初学写小说的人，很多也是从仿写开始的。所不同的是，学习画画很直观，拿起画笔可以比着葫芦画瓢，就是画得差一些，别人也能勉强认出来这是个"瓢"。模仿小说就没这么简单了，模仿别人的小说，包括模仿作品的风格、结构、语言乃至情节等等方面，一个人如果没有一定的文字功底，是模仿不来的。可见写小说这种模仿学习很抽象，它全靠在"多读"这个前提下产生出来的一种悟性。但是，这种模仿是可行的，也是有效果的。

斯蒂芬·金就在《写作这回事》中说过："你可能会发觉自己借用了一种特别触动自己的写作风格，这没什么不妥。我少年时代读雷·布拉德伯里时,写的东西也像他的东西——一切都翠绿青葱,异常神奇,仿佛是我透过陈旧而模糊的镜头看到的。我读詹姆斯·M.凯恩时,写的一切都简洁脆快,硬朗坚决。我读洛弗克拉夫特时,我的行文风格也变得华丽繁复,有拜占庭之风。所有这些风格糅合于我少年时代写的小说里,所以小说很是杂乱可笑。糅合不同风格,是你形成个人风格之前的必经阶段,但杂糅不是凭空发生的。你必须广泛阅读,同时不断精炼并且重新定义自己的作品。"①

徒弟向师傅学艺,都要经过模仿这个阶段。我们学写小说,就是徒弟向师傅学艺,只不过师傅自己不知道他竟然收了你这么个徒儿而已。你若是特别喜欢哪一位作家,建议你拜其为师,找一部你最喜欢的作品,来上一个彻彻底底的模仿。的确,这样的话,肯定会有一些东西是师傅的,可既然是徒弟写的,就一定会与师傅写的有所不

---

① 〔美〕斯蒂芬·金著,张坤译:《写作这回事》,上海文艺出版社,2014年版,第128页。

同。这一点不同，也就是所谓的个性了。模仿多了，你就可以从对师傅有目的的、主动的有意模仿，渐渐变为意识程度相对比较低的无意模仿，最后摆脱对师傅的模仿，形成自己的作品风格。很多作家都是从模仿别人的小说开始创作之路的，中国当代文学更是普遍受到西方现代派、后现代派的影响，例如西方魔幻现实主义对中国寻根文学的影响，西方意识流小说对中国心理小说的影响等等。我们为什么还扭捏着，不敢大胆地去找一个"师傅"，大大方方向他学艺呢？

在我读高中的时候，那时候青春文学的领军期刊是《萌芽》，我记得非常清楚，有一段时间《萌芽》有个擂台赛，就是仿写专栏。每一期的作品都是大家对于名家（村上春树、海明威、张爱玲等等）的仿写。为什么在鼎盛期开辟这样一个专栏？其深意就是想引领更多的人借由仿写，真正踏入小说创作之门。

我记得很清楚，我在写处女作《Hi，弟弟们》的时候，心中是有一个蓝本的。我想我的作品——不是说故事主题或者情节脉络，而是那种在外婆家亲切随意尽兴的样子——尽可能像《两个意达》一样。我要把它模仿进来。到现在我还记得,我的文章里也出现了"饭团"——这一看就是日式的食物。

我写的第二篇小说叫《夏日散记》(见附录),是受到了当时新概念一篇获奖作品的影响,于是写了我自己的五月和校园。之后的创作,慢慢地,这种直接的影响越来越少了,至少在我现在的记忆中是追溯不到的了。但是,我相信学习他人的作品对于我的小说的影响并非减少了,相反,它已经从表面潜入到了深层,变得更加复杂且暗流汹涌。

在平日的语文教学中,我偶尔也会布置仿写的作业。记得有一次,我让孩子们挑一段朱自清的《春》中最喜欢的话,进行仿写。有个孩子选了春雨这段:

雨是最寻常的,一下就是三两天。可别恼,看,像牛毛,像花针,像细丝,密密地斜织着,人家屋顶上全笼着一层薄烟。树叶儿却绿得发亮,小草也青得逼你的眼。傍晚时候，上灯了，一点点黄晕的光，烘托出一片安静而和平的夜。乡下去，小路上，石桥边，有撑起伞慢慢走着的人；还有地里工作的农夫，披着蓑戴着笠。他们的房屋，稀稀疏疏的，在雨里静默着。

他的仿写是：

在学校里，考试是最寻常的。一周要考两三次。可别恼，看有的无所谓，有的失落，有的正在到处炫耀，一片考后的景象，大家都在议论着考后的感想。第一名当然十分开心，前几名也在暗自高兴。晚些时候，回到寝室，有些同学还在议论纷纷，烘托出一片校园学习的气氛。（钟夔）

这个仿写就很有意思，既沿用了朱自清舒缓的语气，又结合了我们的校园生活，用这样舒缓的节奏来讲我们烦心的考试，又透出些无奈与调侃。总之是非常鲜活的再创作。

还有一次，我请孩子们挑一个自己最喜欢的作家，对其作品进行仿写，也看到了很多活泼的作品：

向巴金致敬

没听见鸟笼中金丝雀的蹄啭，也没有听见那只活泼好动的狗的声音。现在园子里非常静。那株不知名的紫红色小野花仍然寂寞地开着。阳光照在桂树枝和盆栽上，给那些绿色叶涂上金黄色。天是晴朗的，我不用抬头就知道头上是晴空万里。

忽然我听见砖瓦房上有铃铛的响声。抬起头，看见是邻家的猫窜到我们房顶上打盹。它就安静地趴在那儿，时不时用自己毛茸茸的爪子挠挠自己的小耳朵。它绒线球似的胖乎乎的身体吸引了我的注意。远看，就如同顽皮的孩子把一个白绒线球抛到我们家屋顶上。它突然醒来，警惕地转动自己的小脑袋，环顾四周，然后一溜烟儿地窜走了，依旧把这个静寂的园子留给我。（俞昕怡）

向张爱玲致敬

总有那么一天，我们的青春，不论轰轰烈烈还是平平淡淡，都会成为过去。我们只是人生路上匆匆相逢又匆匆告别的赶路人。我们为何赶得这样急呢？也许是为了赶到路的那一头，也许只是为了寻找一个人，但那个人，也许不是命中注定。也许，我们用了一生的时间去寻找他（她），追赶他（她），等到走完了一生的路，才蓦然发现那个他（她）未必值得我们的寻找。但真正值得我们寻找的那个人，已经不在了。错过的，回不来了。人生中太多的也许与未必，太多的可能与不可能，令我们猜不了。（方思语）

向古龙致敬

夜。

冬夜。

残冬。

黑暗的窄巷里苦寒冷寂，只有一灯如豆。

残旧的酒旗几乎变成了死灰色，呆呆地飘在长巷中央的木门上，酒旗下却挂着两个精致绝伦的酒壶，像是被李太白用过的。

酒壶不停地在风雪中摇晃，风雪仿佛在叹息，叹息着世上为何会有那么多人愿意一醉方休、醉生梦死？（徐思嘉）

这三篇模仿作品，有的在模仿场景，有的在模仿口气，有的在模仿句式……同学们能够关注到这三位作家文笔中的某些"特别"之处，这需要前期的阅读与思索。三篇稿子一出来，作为老师，我发现和他们平日里的文笔是有不同的。例如徐思嘉同学擅长的是一种娓娓道来的叙述语气，文笔一贯细腻婉转。而在这篇模仿习作中，我们看到了一种更大气的叙述姿态，符合古龙"冷风如刀，以大地为砧板，视众生为鱼肉"的天地视角，完全不像她平日里文风的羸弱与甜美。徐思嘉同学一贯擅长写长句，一个句子下来可能有一整行。这次仿写，她关注到了古龙特别爱写短句，且喜欢独词成句，独句成段。这样的句式能够加强语气，使叙述更短促、有力。

这就是一次非常好的尝试。经由模仿，让孩子们发现"哇！原来我还可以写出这样的句子！"拓展了我们的写作疆域，让我们的笔有了更多的可能性，也让我们更加自信：看！我的学习能力是很强的。那么在接下来的写作训练中，孩子可能就会有意识地拓宽自己的"写"路，而非拘泥于某种固定思维、僵化格局。

其实,孩子们天生具有模仿能力。小孩子就是父母的翻版,每个班学生的做派风格也都有着其班主任老师的影子。我们有个数学竞赛叫"新苗杯",孩子们就跟着模仿,说是什么"枯藤杯""骨灰杯"。新苗对枯藤,是非常有意思的两组意象,自然化用了我们所学的"枯藤老树昏鸦"的诗句,又透露出属于孩子的幽默与焦虑。"骨灰杯"就更是如此了,可见这个竞赛是有多么烧脑呀!从新苗熬成了枯藤还不够,还得化成灰,真的是"蜡炬成灰泪始干"了。我们不妨把我们这种天然的学习能力运用到写作中去,看见好的、喜欢的,就模仿进来。最开始可能会模仿得比较生硬、勉强,慢慢地,在一次又一次的尝试中,聪颖如你,一定会摸索到属于自己的路。

这里还要特别说明的一点是,如果你是练习写作,大胆模仿自然无可厚非,但如果你想公开发表,还是应该严格区分"模仿"与"抄袭"的界限。每一个熬字的人都知道字字不易,有时一句话掂量几个日夜方能落笔。尊重与保护知识产权——

这是我们的底线。

六、需不需要读教写作的书

写小说到底需不需要读教写作的书呢？

谈这个问题，我想做一个"两可"回答。有些作家是不需要的。譬如写出中国古代四大名著的罗贯中、施耐庵、吴成恩、曹雪芹，那时候他们肯定没有上过小说课。但小说课的确对一个新手的创作有许多帮助。不然，中国作家协会就不会从20世纪80年代开始，一直坚持开办作家培训班，大学的课堂上也就不会专门开设写作课，许多作家、学者也就不会专门去对小说写作进行系统的写作研究，就不会出现昆德拉的《小说的艺术》、狄克森和司麦斯的《短篇小说写作指南》、曹文轩的《小说门》《与王同行》、叶圣陶的《怎样写作》、史蒂芬·金的《写作这回事》、毕飞宇的《小说课》、王安忆的《小说家的第十四堂课》等等专门谈小说写作的书。

至于我，今天也就不会给同学们写这本书了。

现在教如何写小说的书有很多，同学们可以挑选一些你认为比较靠谱的作家的作品来看。比如我以上说的这些。

我为什么推荐给你们读呢？

因为读了以后，你会觉得，为什么我没有早一点读它们呢？

没错，这些书，因为基本是个人的经验论，每一本都有其局限性。但是，经验毕竟是经验，人家写小说几十年也不是白写的。我去读这些书的时候，确实有被点拨之感。而且，读这类书往往很有共鸣。因为不少体会我自己通过摸索也感受到了。看到竟然有人和我想法一致，会觉得在写作这条路上我并不孤独。再就是还有一层窃喜，我居然想的和某某某大神一样！看来我这一二十年也没白写，竟然真的就攒下来了这么一点所谓的经验。于是在这里教你们，脚也不软了，腿也不抖了，腰也挺直了。

对于初学写小说的你们来说，这其中的指导意义就更大了。我在微博上曾经看到有当红写手诉说自己是如何学会了写作，其中就提到她读了很多类似的指导写作的书，受益良多。

但是，我又要说但是了。大家应该明白，并不是说这类书你读过了，你就会写小说了。请记住：写，永远是自己的事！别人的经验只是指出一个方向，而路，终归是要自己走的。

每个人写小说的那点经验都是在自己不断"写"的过程中慢慢"悟"出来的。最重要的还是要多动手，勤动脑，善总结。当然，当遇到了瓶颈，当爬一个台阶爬不上去了，这个时候也许别人的经验，就像忽然有人从前方伸过来一只手，可以给你一个助力。在这种时刻，阅读这类书就很有用。

在没有阅读的前提下，写作其实是不存在的。

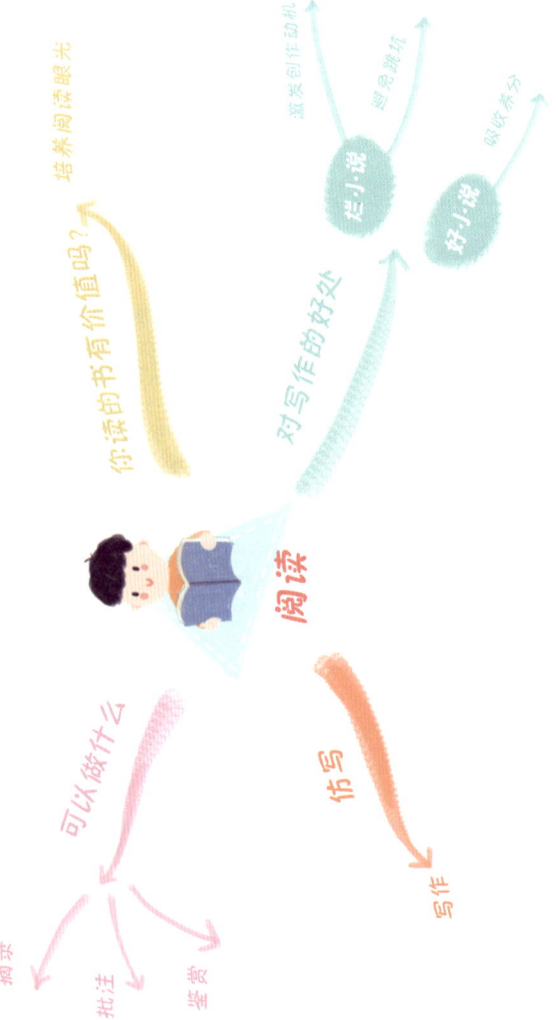

【习题与思考】

找一个自己喜欢的作家,尝试仿写练习。不一定是一篇完整的小说,可以是一小段,也可以是几句话。

【拓展阅读】

1. 卡尔维诺:《为什么读经典》
2. 张新颖:《读书这么好的事》
3. 从余华、莫言、苏童他们推荐的短篇小说中挑一些读。

第二讲
想象力是种天性

如果你看见纸上有个圆,你是会一扫而过呢,还是在看到它的瞬间,脑袋里涌现出别的什么?

也许,你会联想到瓶盖、月亮、糖果、花盆、纽扣、星球;也许是人生、回忆、家园、童年……

那么,这一讲就从想象力说起吧。

一、想象力是小说家应具备的基本能力

想象力是一种创造性思维。我们不把它描述得太抽象。我们每个人都有想象力,孩子的想象力尤为丰富多变。我想每个人在自己的成长过程中,都幻想过一些新的东西——可能是一个奇形怪状的外星人,可能是一段离谱的故事,可能是一个大胆的假设。这些,都是想象力作用的结果。

小说创作的艺术构思过程——小说主题的确立、人物形象的设定、情节的安排、环境的描绘等环节中——都不能缺失想象力。想象力是小说家最为个性化的一种创作素质。许多小说家在他们的谈话或随笔中都透露出想象力对于小说创作的巨大影响。"想象是贯穿艺术构思过程始终的一种心理机制,没有想象,艺术构思根本无法进行。"[①]

你有无穷无尽的想法,就有可能写出引人入胜的小说。缺乏想象力的人,即使他的文字功底很好,知识也很丰富,通常来说也只能胜任文书工作,或者从事学术性研究。他可以成为学者,成为小说评论家,却很难成为小说家。于是有人认为想象力是一种天赋,有的人天生就有,有的人天生就没有,一个人不是自己想写小说就能写出来的。这话虽说有一定道理,但也有些绝对。真正的小说家都很明白,自己的想象力虽说不能来个二次投胎,但也是可以后天培养的。

---

① 童庆炳:《文学理论教程》,高等教育出版社,2004年版,第135页。

二、孩子的想象力天性不应被磨灭

先来看一篇作文——《如果泡泡糖可以吹得无限大》：

我喜欢在写字时嚼泡泡糖。有人说，糖分可以刺激大脑皮层，从而使大脑活跃，让人做事的效率更高。但我没那么多企图心，我嚼泡泡糖仅仅是想嚼吧。

妈却不这么看。她讨厌我在写作业时嚼泡泡糖。她总说三心二意是做不了大事的。可我并不想做什么大事。什么才叫大事呢？我就觉得，写字时嚼泡泡糖是件非常舒服的大事呀。

虽然嚼着泡泡糖，我做作业时偶尔也会溜号。就是在这么一个溜号的星期六下午，爸爸妈妈出去给爷爷配假牙了，我一个人坐在书桌前发呆，看着窗外。

我家窗外时常会有一只黑色的、眼中闪着绿宝石般光芒的猫。它在人们靠近的时候会发出小狗般的叫声，还会向人吐口水。因此我给它取了个名儿叫：炮弹。我曾想，如果炮弹被人收养了，能生活得好一点，应该会变成一只挺漂亮、挺优雅的猫吧。就像我的好朋友谭笑笑家的苏西一样，总是无限慵懒地窝在沙发上，看人时微微抬起下巴，它对人没有惧怕，只有骄傲。

我从未见过炮弹去过谁家，它总是神出鬼没，对我给它投递的食物表现出一副爱理不理的样子。但我知道，我每次一走开它就会迅速把食物叼走。天知道，炮弹的自尊心比谁都强，它才不想让我们知道它是一只吃嗟来之食的猫咪！

每当雷雨交加的夜晚，我都会担心这只自尊心特别强的炮弹会去哪里，我会把窗子打开邀请它来避雨，可是黑沉沉的夜色中它从未出现过。

我一面吹泡泡一面想：像炮弹这样居无定所……居无定所……如果它有个家会怎样呢？嘴巴里吹出了一个大大的泡泡，越来越大，越来越大，像气球，像帐篷，像……家！

但我太贪心了，一心想给炮弹吹一个更大的家，结果把泡泡给吹破了。

我并不灰心。这次拿了一根吸管,将吸管戳进泡泡糖中,慢慢吹出一个粉红色的泡泡,不大不小,刚好能够容纳下炮弹那黑亮的小身体。

吹完后,我捏紧泡泡的底部把它从吸管上取了下来,然后用手指轻轻捏出窗与门,我还在墙上捏了一朵小花。真漂亮呀,泡泡窝是透明的粉红色,软软的。我想象着,炮弹住进去后那欢乐的样子,脏乎乎的小爪子在墙上留下一朵朵顽皮的梅花,泡泡窝还能随着炮弹睡姿的变化变得更加贴合、舒服……

我带着泡泡窝出门了,把它安置在我家窗下的草坪上,粉粉的一团,真好看。

整个下午我都沉浸在炮弹终于有家的喜悦中。我想再吹一个泡泡送给苏西,但泡泡只吹到拳头大就破了。其实,泡泡自己也知道,苏西是不需要它这个家的呀。

门吱呀一声被轻轻推开。我还以为是炮弹来感谢我了呢,抬头一看居然是蹑手蹑脚又理直气壮的妈妈。又搞突击检查!妈见我看到她了,忙过来命令道:唐豆把嘴巴张开!

我把嘴长得大大的，还把舌头来回转动给妈妈看。妈俯身，把我的嘴唇掀起来看是不是藏在牙龈上，看完了有点失望又有点欣慰地拍拍我的头走了。

妈永远也不会知道，如今我的嘴巴怎么可能藏下泡泡糖呢，它已经成为炮弹的新家。

（上海中学东校预初学生贺天禧）

这是我的学生写的一篇作文（老师做了修改）。她想吹一个泡泡糖来为一只流浪猫安一个安全而又温馨的家。这个想象是很奇特的。这样的童心也许只属于孩子吧？反正我是想不到的。郑渊洁曾说过："所有人出生时，都拥有隐形翅膀——想象力，但是随着年龄和知识的增加，绝大多数人的隐形翅膀会和主人分道扬镳。"各种研究数据表明，想象力通常和年龄成反比，而每个人天生就是想象力大师。

在养育女儿牵牛的过程中，我常常会被她丰富的想象力惊艳，孩子仿佛是天生的拟人大师，她能看到树的屁股，担心电灯会不会疼，会和冰箱打招呼。因为婴儿时期我们是用一种"世界围着我转"的思想来看待万物的。由这一思维延伸开来，对于所有的客体，我们都会把自我感觉投射其中，认为万物有灵，万物有生命，都可以感知喜怒哀乐，与人共情。可是在慢慢长大的过程中，我们渐渐学会区分生命/非生命。一个成年人，哪怕他再富有童心，也不会担心自己手持苍蝇拍打灯上的苍蝇，会把灯给打疼。

牵牛三岁的时候，特别贪玩不喜欢睡觉，她和我描述夜晚："夜晚是个大坏蛋，它总是冒着傻气，它有十只手，总是把我的玩具弄得乱七八糟。"其实是夜晚降临后，正在玩的她会被我催促着去睡觉，因而会有一种"夜晚抢了我的玩具"的心理感受。她把这种心理感受描绘得特别拟人，大人口中的"我不想睡觉我想再玩一会儿"，到了孩子那里就会有非常形象化的表达。

记得牵牛一岁多时，有一次她喝完奶粉后，看见奶瓶上挂着一片未化开的奶渍，就指着奶渍说："乌云，乌云张开了嘴巴。"我一看，那奶渍不就像一片云朵挂在玻璃瓶壁上吗？而这个云

朵的形状真的很像一只张开的嘴巴。而"乌云张开了嘴巴"这一句,几乎就是一句现成的诗了,于是我顺手涂了几句:

乌云张开了嘴巴
跳出了雨滴
雨滴张开了嘴巴
衔住了嫩芽
嫩芽张开了嘴巴
哇
是小虫子的家

再换个角度:

我把彩虹糖抛到天上去
乌云张开了嘴巴,一口叼住
把它拖呀,拖呀,
拖满了整个天空
于是
我们都看见一座七色的桥
通往嘴巴里的,那颗大蛀牙

有了一个充满想象力的出发点，稍微一引申，就能出来很多的可能性。

郑渊洁说他的"隐形翅膀"是他的小学老师赵俐给他保留住的。他回忆说："记得二年级一次上课时，赵老师推荐我们看一本童话书，它的作者是张天翼。当时我正处于急于摆脱胡思乱想也就是想象力的年龄段，那时我回家对弟弟妹妹说得最多的话是'幼稚'。如果你对别人经常说'幼稚'两个字，这就是你的想象力即将离开你的危险信号。换句话说，你已经到了人生最危急的关头：当能进行创造性劳动的人还是当终生重复前人知识的人。我看了张天翼的这本童话，我觉得他比我还胡思乱想，而且他还把自己的胡思乱想出书了！从此，我的想象力再也没有离开过我，使得我终生拥有了隐形的翅膀。好的童话就像一把锁，能留住孩子想象力的隐形翅膀。"[①]

请永远不要嫌弃自己太幼稚。就像现在偶尔会有学生和我说："胡老师，我觉得你一直有童

---

① 郑渊洁：《我有一双隐形的翅膀》，见郑渊洁的博客。

心。"我就觉得这是一句莫大的夸赞。

三、如何培养想象力

可能还是会有同学说：老师，我的想象力已经被考试学习消磨殆尽，怎么办？

我当然不会建议大家不要去学习不要去考试。事实上，想象力也并不是说你少考两次试，少背两篇课文，少算两道题就长出来了。但我们还有两条路可以走：一是把自己当成个幻想狂，二是去读诗写诗吧。

《短篇小说写作指南》建议我们，当我们看到一个人的时候，可以有意识地进行想象力的训练：

你对他的脾性、情趣、兴趣、体育爱好、阅读习惯、抱负或野心懂得多少？如果他雄心勃勃，那有没有什么顾忌？他的虚荣心强不强？他有哪些成见、偏见？他的主导动机是什么？他最大的欲念或最珍重的东西是什么？他在情绪最安定头脑最冷静时想的是什么？他有哪些连最要好的朋友都不愿告诉的念头？他会不会把这些念头向一个陌生人透露一二？他怎样对待他的同僚、上级、小孩、仆人？（虽然对现实中的一个真实的人，你或许没办法懂得这么多，但这些问题可以帮助你把所知道的东西整理清楚。而当你用自己经验的尘泥塑造一个人物时，这些你都会懂得，甚至懂得更多。）他最基本的性格特征是什么？为什么他会有这个特征？[①]

当你总以"写小说"的角度来看生活的时候，基本上你就变成了一个幻想狂。看到某个人或者某种现象，你的思维会被即刻触动，生发，然后奔赴去一个你自己都把握不了的远方。面对任何一个人的某种性格特性，你都可以设想出种种可能来回答"为什么他会这样"。

我一个人在路上的时候从来不会寂寞，因为周围的人都太有意思了，每个人都携带着大量的

[①] 【美】F.A. 狄克森、S. 司麦斯合编：《短篇小说写作指南》，辽宁教育出版社，1998年版，第53~54页。

信息云，他们的表情，他们的装扮，他们的小动作，他们的气味……他们是谁？要去哪里？他们有着怎样的故事？有时想着想着，自己会傻笑或者想掉眼泪，又有一种好像捕获了他人小秘密的刺激。

除了对着实体的人或物展开想象，我们还可以对着汉字展开想象力训练。

我们都知道，汉字是象形文字，每个字都随身携带一本自传集。有时一个字看久了，你会从一笔一画中隐约窥见它的来龙去脉。我们这里不谈单个字的个人魅力，而来谈一谈汉字的组合。

我在小说的开头那节曾举过这么一个例子：

写武打小说，开头是：一个死人的身上插着三支袖箭，每支袖箭上都刻着一个小字，分别是王、大、天。于是不用你教，我们亲爱的读者自己就开始排列组合，这看起来像是一个人的名字，是王大天？大天王？天王大？读者为了弄清这个射箭的人到底叫什么，就得往下看了。

这里我们就来谈一谈，同样是三个字，但是我们把它们颠倒个个儿，会带来表达效果上怎样的差异。

如果叫"王大天",感觉就是个普普通通种庄稼的汉子。姓王名大天儿,就是每个村儿里都有的那种看上去有些唯唯诺诺,可实际上却颇为深藏不露的"老好人"。他白天照常种地,偶尔显得颇为"好欺负",跟谁都没脸红过;可一到了夜里,他神出鬼没,总要消失那么一两个时辰。偶尔会在天亮前最朦胧的那段时间满身鲜血翻墙入户,但是等太阳一出来,家家户户响起了早炊的动静,他也会端着一碗羊汤,咬着一块饼从家中走出,逢人问声好。

如果叫"大天王",感觉则是个傻兮兮的二愣子。总觉得自己挺厉害,大家也都爱打趣他有本事,却没人真往心里去。二愣子一心一意想自我证明,给自己取了个诨号叫"大天王",总想着有天能做一件惊天动地的大事。这天,村里的光棍儿们聚在一起,说着二庄的大户要娶他们村的村花大妞了,大家伙儿都挺不忿,怂恿大天王去灭一灭大户的威风。大天王被激得热血上脑,一拍屁股真个动了身。一个和大户有仇的年轻人携弓箭悄悄尾随其后……

如果叫"天王大",则感觉这是一个秘密帮派。有一个名义上的教主——京城药草堂堂主,但堂主实际却听命于一个十三岁的小姑娘。这小姑娘的爹在三十年前创办了"天王教",后在一次秘密行动中意外离世,临终明里将教主令传给药草堂堂主,实际上却嘱托堂主辅助小女成为新教主。药草堂堂主一辈子忠心耿耿,绝无二心,而他的小儿子却一直觊觎教主之位,常在外打着"天王大"的旗号秘密作恶,意图抹黑父亲的名声,引发父亲和新堂主的矛盾,他好从中得利。

每个人对于汉字的感受是不一样的,大家当然也可以有自己的版本。

我们还可以随意从字典里翻几个词出来,把它们编成一个故事。比如"明媚""鱼""随心所欲""桌子""端"这几个词,初阶的想象大体是这样子:

一个明媚的早晨,一条曾在大海里随心所欲游逛的鱼被端上了人们的桌子。

稍微灵活一点的同学，可能会想到大部分人的定向思维都是如此，那么我就别出心裁一点：

沉船后，一个曾充分享受过明媚阳光的桌子沉入了暗沉的海底，成了小鱼们的秘密基地。它的身上曾被人们端放入各种各样的海鲜，而如今各种各样的海鲜在它身旁随心所欲地玩耍。

改变以"人"为主体的思维定式，把主角定义为"桌子"或者是"小鱼"，则是一种中级想象了。

而这还不够，高阶想象的出发点则不再受到名词——"桌子""鱼"的桎梏，而把形容词或者动词作为表达的重心。

老木匠的工艺出神入化，像鱼一样的桌子，像水母一样的宫灯，像贝壳一样的床，他都能雕刻出来——这些物件，总让他想起在海边随心所欲长大的童年，那些个阳光明媚海风咸湿的日子，一船一船的海鲜被阿爸运回，又被巧手阿妈端上饭桌。而那，都是出来学艺前的时光了。

这个游戏很好玩，大家可以组成一个小团体，每个人都用同样的一组词编一个属于自己的故事，然后分享出来，你会诧异原来大家的想法真是千奇百怪。

除了当一个幻想家，我们还可以成为一名小诗人，去读诗、写诗。

诗人的想象，可以跳脱出"小说"的逻辑限制，完全的天马行空，完全的随心而动。尤其是现代诗歌，可能会让人读得云里雾里，不知所云，但其中流淌着的丰沛的想象力是值得一提的。有的时候，一首诗就是一篇动人的小说。比如诗人黎衡写的《八十年代初的黑白照》：

那时你的笑是群山中心的睡莲
是这个古老、贫穷的国家一角
忽降的小雪

妈妈，那时你从未目睹死亡
也不懂残酷的美，和忍耐，你将是
美和忍耐本身

从你的长发和眼角读不出

时间会如何像没电的收音机一样中断
这需要等待,三十年了,你的

歌声成为道路
回音成为岁月

再如黎衡写的《给小保罗》:

小保罗,我多想为你写一首诗
可每次一开头,句子就会被阴影吞掉
就像你即兴的一幅画,它不是方向
而是缺口……
我真的喜欢你画的"长江大桥"、
"众峰之巅"、两个对位的小人儿
我感到我是在看着你
微型银幕般的眼睛
你把你梦里的一瞬,倒映进升高的江水
那闪电似的拉索和驶过的火车上一扇扇
恐惧的车窗,都让我再次感到了童年的
漫长和重复
我小时候没有一天不在

盼望着长大，而今天我竟然被你

猛地惊醒，我的模糊的脚步声不正是

你的钢琴声？那时候我全然不知

道路、真理和生命

家是门？升旗的操场是旷野？

今天我听你弹奏自己创作的"明亮的早晨"

我听到你把黄金砌进了

隔壁的谈话

有一次，我们谈到暴政和死亡，寒意一点点蔓延

直到你恬静的琴声响起——

一个孩子，一个天使

成了时代的休止符！

我感谢那个时刻，你真的是

神给世界的礼物

这个世界只为你敞开，其他人仅在缝隙里

分享你晨星的喜悦

再如顾城写的《安慰》：

青青的野葡萄

淡黄的小月亮
妈妈发愁了
怎么做果酱

我说：
别加糖
在早晨的篱笆上
有一枚甜甜的
红太阳

有一次，我请我两个班的学生以"乌云张开了嘴巴"为触发点，写一首小诗，尽量体现奇思妙想。最后出来的效果非常令我惊喜。选出几首：

一
乌云张开了嘴巴
像是瞧见什么好吃的
口水止不住嘀嗒
落到大风身上
气得他忍不住叫骂：
呼啦——呼啦——

麻雀受了惊吓
藏起翅膀躲到屋檐下
小孩却是不甘寂寞:
来啊来啊!——
我胆子最大! （陈彤）

二
乌云张开了嘴巴
——听,
那隆隆的雷声
是他起起伏伏的呼噜吗?
天空中
下起了淅淅沥沥的小雨
调皮地
打在路人的身上
是那样的轻盈 （李昊垲）

三
乌云张开了嘴巴
连星空也被吞下了肚

拍拍肚子

打打饱嗝

可惜呀，它太没口福

明早

会有一扇彩虹糖果屋 （林裕涛）

四

乌云张开了嘴巴

朝着太阳咬一口

嘶——好辣！

辣得乌云泪汪汪

用尽全力

把太阳吐出来 （童雅菲）

五

乌云张开了嘴巴

打了个大哈欠

卷起了大爷的自行车

和先生的公文包

乌云打了个喷嚏

电光掠过穹隆

划亮了田间的农舍

和风雨中的塔楼

乌云伸了伸懒腰

雷声滚滚过山坳

惊飞了玉篓中的金丝雀

和林中的百灵鸟

乌云揉了揉眼睛

落下几滴隔夜的泪

打湿了贵妇的貂皮裙子

和采茶女的新花袄

乌云左右看了看

脸色倏地煞白

城里的街道一片混乱

乡下的庄稼东倒西歪

乌云半晌羞红了脸

一步步挪到太阳的后边

背对着收拾残局的人们

装点了半边的天　　　　（刘毓涵）

以上几位小诗人，除了刘毓涵同学一贯给老师以"想象力丰富"的印象，剩下的几位同学，有的语文水平中等；有的一碰到作文课就头疼，每次作文都要等熄灯后躲在厕所里完成。我给全班同学分享这几首诗作，大家都是一副惊呆了的欢乐模样，完全没想到某某某竟然能写出这么童真的句子，没想到某某某天天埋头竞赛竟也有这样的文采……可见想象力并不和语文成绩直接挂钩，这样的小练习真的很能激发出那些想象力的暗流，让孩子自己都大吃一惊。

想象力是种天性

【习题与思考】

1. 找几个同学一起用"森林、踹、水杯、上天入地、安静地"这组词编个小故事吧,看谁编得好玩儿。

2. 以"乌云张开了嘴巴"为触发点,写一首小诗,尽量体现你的奇思妙想。

3. 观看短动画《月神》,然后讨论:你小时候幻想过月亮为什么有阴晴圆缺吗?

【拓展阅读】
卡尔维诺:《月亮的距离》

第三讲
一身敏感的皮肤

有过写作经验的同学可以回忆一下,你的创作灵感是怎么被触动的?

例如:书籍、音乐、绘画、味道、胡思乱想、回忆、梦境、经历……

一、什么是灵感

灵感(inspiration),就是"作家在内心长期积累、比较、分析材料,艰苦地思索以至达到寝食俱忘的程度之后,突然在无意之间获得的一种可能性的结果。"[①]

灵感有以下特点:

[①] 童庆炳:《文学理论教程》,高等教育出版社,2004年版,第137页。

第一，灵感的产生具有随机性、偶然性，并不是一件种瓜得瓜种豆得豆的事。常常会在令你措手不及的时刻突然闪现。

第二，灵感总是稍纵即逝。如果没及时抓住，哪怕你再回五百次眸，下辈子可能也无法与该灵感擦肩而过。

其实，在某一瞬间忽然出现的一种稍纵即逝但能引发无限可能性的感觉，就是你产生的"灵感"。比如说，我们看到一扇门上的铜环，看到街角一位提着鸟笼的老爷爷，看到一幅画着向晚街道和房子的画，或者闻到某种气息，或者听到某种声音，或者触到某样东西，在那一瞬间，突然的，你心中升腾起一种很奇妙的感觉，这感觉就是：它有话对你说。它要说些什么？你为什么有这种感觉？你的理智统统回答不出来。然而，你就是固执地认为：它有话对你说，而且只对你一个人说。在这个令你毛孔炸开的瞬间，你便和灵感面对面了。

同学们回想一下，我们每个人都有过这种很奇妙的感觉吧？只不过多数时候，自己只是心里咯噔了一下,然后就抛之脑后了,没能把这种奇妙的感觉记录下来或者表达出来。

二、灵感来自哪里

写小说的人,寻求灵感的方式可谓千奇百怪。作为小说家,他有可能运用某种自己喜欢的方式来激发灵感。譬如日本的村上春树,他喜欢用跑步的方式来活动脑神经,还有些作家在写作前会出门散步,或者先找一些书来读,培养一些写作的"感觉"……

我自己的感觉是,半梦半醒时灵感最多。很多个夜晚,我睡在床上,大脑却在自动写小说,是一个字一个字地写,写得很顺,比白天时流畅得多,不少看似突兀的情节也能在那一刻有一个自然的呈现。我写呀写呀,根本停不下来。然而我又是真的很困很困,困到根本不想起来拿笔记下,总是想:"明天一早起来写。"然而无一例外的是,第二天醒来,无论怎么回想,脑中都是支离破碎的,偶尔抓住一句,也觉得这一句很烂。

当然，如果光指望着半夜的灵光一闪，我估计也不用写小说了。其实，在很日常的生活中，灵感也无处不在，关键是你得狂热。

"在书写的过程中，有时确实会灵光乍现，思绪如脱缰野马般奔腾不已，但我以为这所谓的灵感，绝对不是天上莫名其妙掉下来的礼物，而是平时借由感官接收、长时间累积下来的资本，在思维碰触到某个范围时，相关的资讯便蹦跳出来为你所用，若平时对周遭环境、时令变迁、人情世故均无感，那么就算苦等镇日，灵感也不会从天而降的。"[1]

记得曾经看过一次高晓松的访谈，他说起年轻时写过的歌："那不是我写的，是上帝经由我的手写出的。"这句话给我特别深的印象，说出了灵感的不可思议，难以捕捉，它突然从天而降，甚至会令创作者本人都大吃一惊。但其实，哪里来的什么上帝呢？哪里是天赐神授？归根结底，

---

[1] 朱天衣：《朱天衣的作文课》，贵州教育出版社，2016年版，第11页。

灵感还是来自生活的积累，是长期的沉思和瞬间的飞跃。在抵达那个"思接千载""视通万里"的时刻之前，还需要许许多多的前路来铺垫。

《红楼梦》中，就记录了香菱学诗时，苦苦思索而不得，忽于梦中偶得的过程。"香菱拿了诗，回至蘅芜苑中，诸事不顾，只向灯下一首一首的读起来。宝钗连催他数次睡觉，他也不睡。""香菱听了，喜的拿回诗来，又苦思一回，作两句诗；又舍不得杜诗，又读两首。如此茶饭无心，坐卧不定。""香菱听了，默默的回来，越性连房也不入，只在池边树下，或坐在山石上出神，或蹲在地下抠土。来往的人都诧异。""因见他姊妹们说笑，便自己走至阶前竹下闲步，挖心搜胆，耳不旁听，目不别视。"正是因为"苦志学诗，精血诚聚"，才于梦中得了八句。看上去，仿佛又是神授，其实，恰恰是"只怕有心人"。

我上初、高中和大学期间，特别喜欢写小说。无论到什么地方旅游，也无论见到一件什么新鲜事物，甚至是听见几句有意思的话，都想着把它写进小说里去。记得有一年，某次逛菜市场，听见一个小男孩的叫卖声，我就开始幻想他的身世——失学儿童？勤工俭学儿童？拐卖儿童？从农村进城的"候鸟儿童"？由此，我很快写出了《谁是谁的擎天柱》。某次，我坐火车去青海，听见中铺两个妈妈的对话，忽然感受到了母爱有时是对孩子的一种束缚，由此写出了《听妈妈的话》。高中时一次和同学生闷气，闷着闷着竟也闷出一篇《玻璃屏》。那次的经历我到现在还记得特别清晰。在学校听到一些风言风语后，胆小内向的我觉得委屈，却又不知道如何疏解，于是连夜写出了这篇小说的初稿。写完了，毫无负担地睡下，似乎心头的结也解开了，第二天照样高高兴兴去上学。

我那些年写出的几十篇短篇小说，几乎每一篇都是从偶尔发生的某一件事上产生灵感了，才构思成一个故事。因为学生时代，我对待小说的态度比较狂热，总觉得如鲠在喉，不吐不快。

参加工作后，我的注意力开始转移。先是转移到孩子们的身上，总想着如何让大家学好语文，如何当一个称职的老师，精力便很快投入到如何教好书上来了。这几年有了女儿后，限于精力，写作的冲动变得更少了，写作的灵感也跟着不愿来"光顾"我了。即便是有时来了一两次"灵感"，也因为没能及时把它创作成小说而变成一种遗憾。

记得当老师后，有一年暑假，我在台北袖珍博物馆参观，突然幻想有小小的人儿可以在各个不同的场景中来回穿梭。那一刻我的灵感来了，我好想立马写成一篇幻想小说。但回到家了，因为要利用暑假来备课，也因为懒了吧，那次突如其来的灵感就没能形成作品。还有一次，我在飞机场听别人的对话，突然觉得飞机们也在互相打招呼，互相聊天。但当时没能构成一篇故事，一忙别的事情，这次灵感又算是白来"光顾"一回了。

我的这种经历告诉我：如果灵感来了，你不动笔，永远都变不成作品。因为所有的小说，都是需要你安心地坐下来，慢慢地一个字一个字、一句话一句话去写的。

在"狂热"的追求过程中，当然，大家可能也会经历灵感无论如何都不肯来，等到心力交瘁的焦灼与无助。如果你百思不得其路时，不如放下思考，恰恰在你放松的时候，灵感可能会突然光顾。"它爆发的时刻,常常是作家已经放弃了专注的沉思(再多的探索徒增紧张和焦虑)而干其他事情,甚至是静谧的睡梦之时。由于某种触发,暂时中断的神经联系突然接通,从而出现了认识上的飞跃,在不经意间蓦然浮现脑际。"①

游识猷也曾在微博科普说:"大脑在专注思考时激活'背侧注意网络'(DAN),闲散放松时激活"默认模式网络"(DMN),DMN时,在休整归类资料的大脑,很容易出现灵感火花。所以缺乏灵感时,睡一觉洗个澡散散步都有奇效。"

我自己就有过类似的体会。记得有一次,看到某个大赛的征稿启事,特别想去参与,于是一整个下午在房间走来走去、自言自语、坐卧难安,脑子里头纷纷扬扬,却怎么也搜索不到一个看上去尚可的故事,一句看上去尚可的开头。整个人干瘪瘦弱到不行,完全流淌不出任何闪光的词句。怎么也写不顺溜讲不清爽,极度想找到一句能证明自己还行的句子,或者某个能显得自己还算聪

---

① 童庆炳:《文学理论教程》,高等教育出版社,2004年版,第137页。

明的词,可放眼望去,都不好,都不够可爱。后来无比沮丧、挫败,心下认定自己的写作能力不过尔尔,也就把征稿启事丢至一旁不再劳神。结果没多久,忽然有了倾诉的欲望,很顺利地创作出一篇小说。

三、如何保护好灵感

第一,像孩子一样去感受这个世界里的"新奇"。

坚信每一样东西,每一个瞬间都是有生命力的,你才能听到、看到那些被他人所忽视的瑰宝。要勇于"胡思乱想",普通的或奇特的,一般的或怪诞的想法都可以,不要怕出格。最重要的是,你得对它产生一种浓厚的兴趣,觉得"有趣""好玩""有故事",它才会对你敞开别人看不见的一些东西。

第二,鉴于灵感的短暂性,随时随地记录是一种很好的习惯。

当你忽然想到什么:譬如一个主题、一段情节纠葛、一个有趣的角色,甚至是一个句子、一个名字……把它们大略记下来，写在小纸片或笔记本上。不要试图用自己看似良好的记忆力来"记住"它们，最好的方法永远是拿起笔，及时记下来。因为等你回头再想的时候，最大的可能就是脑袋空空，什么都想不起来了。

宋代的惠洪曾在《冷斋夜话》中记录下这么一件事："昨日清卧，闻撼林风雨声，遂起题壁曰：满城风雨近重阳。忽催租人至，遂败意。只此一句奉寄。"在灵感突至之时被迫面临现实之事，的确败兴，而灵感又具有稍纵即逝的特点，没能把握住，着实遗憾。

第三，多深入自然。

可能同学们都有过这样的经历：去过一些风景绝美之地后，被老师或者父母要求"写游记"。这类"游记"类的材料是我们老师最不爱看的东西。为什么？感觉就像看百度百科一样，流水账一般的记叙，连住了什么酒店吃了什么早餐坐了什么车都交代得清清楚楚。千篇一律的描写，太阳公公永远是微笑的，小草永远是绿油油的，溪水永远是清澈的，再加上如出一辙的结尾："啊！真是难忘的一天！""啊！真是让我流连忘返！""啊！希望下次再来！"这种作文让你看一个班你试试看？还得让老师写出花样百出的评语，老师都恨不得也用一句套话点评整个班级。这样的作文真的还不如不写。

我在这里提倡的，是在深入自然的过程中，抛下这些功利的东西。你来这不是为了应付作文的。这样的作文出来，只会让人读出你的习以为常、你的耳塞目盲、你的麻木迟钝。一旦把"任务"放在"感受"之前，一定会影响你的感受力。曾有研究者做实验，给一组游客发放相机让他们记录所见，另一组不做任何要求，游览结束后，很明显的，不做任何要求的游客观赏得更细腻、更全面。

当然，如果自然真的触动你带给你灵感，你愿意提笔为文，那也是一件好事。但是，深入自然的前提应该是无功利的。

人这种动物，基因里就被烙上了自然的烙印。哪怕你从出生开始就生活在钢筋水泥丛中，也总有那么一道自然的影子在召唤你的归去，如同故乡。当你深入大自然，静心抚摸苔藓，观察日影，聆听鸟鸣,与树木、山川一道呼吸,你会发觉被日常生活堵塞的毛孔一下子全部敞开了,你的六感变得通明、澄澈、开放、流动。灵感轻柔地落遍你的全身。这种时刻,你不仅能看见一朵花,还能看到花瓣上凝结的露珠、花蕊里一只黑色虫子的触须、花瓣掉落时轻柔的曲线……

有一年的五月,我去云南普洱的深山中参加一个自然疗愈课程。在无数个瞬间,我都有种被"打开"与"重逢"的感觉。儿时在乡下外婆家的记忆,清晰地浮现在林间小路上,农家的猪圈旁。我变得敏感、丰盛、轻盈,连写出来的句子也充满了灵性。我这样记录自己的感受:"闭上眼睛,你的大脑仿佛成为黑色混沌的天空,鸟鸣东一声,东边的天空就亮了;西一声,西方的天际就清透了。慢慢地,你会感觉到那鸟鸣似一把舒展的闪电,从脑海贯穿到四肢,到五脏,最终落在心的一角,软软地蜷成浑圆的一颗,可以奔赴去任何情绪的角落。就这样的,大自然留了点什么在我的体内,我和它,真正地关联起来了。"

而这样的句子,是在家的我,在学校的我,

在城市的我，绝对想不到的。

记得同去的还有刘震云的女儿刘雨霖。她是位非常有灵气，也很接地气的青年导演，曾执导电影《一句顶一万句》。她在雨林中说的一句分享也令我印象深刻，她说：我听到每个小雨滴落在我的头上说：I love you，I love you.

是的，自然就是有这么神奇的能量，帮你打通四肢百骸，用一种温柔、包容、母爱般的方式。

敏感

灵感

【习题与思考】

你经历过灵感突至的时刻吗？那一刻你做了什么？

【拓展阅读】

曹雪芹：《红楼梦》第四十八回：《滥情人情误思游艺　慕雅女雅集苦吟诗》

第四讲
源于兴趣成于执

前面我们讲了小说家应当具备的素质——广泛阅读、想象力、敏感。其实,还有一个很重要的方面,它并不属于写作本身的问题,但直接关系到一个作者写作的功败垂成。

这就是——坚持。

一、我想写,我坚持

别觉得老师太老生常谈太鸡汤,这碗鸡汤你还真得乖乖地把它喝下去。

可能有同学会问:"学习需要坚持还好理解,可是写作是我自愿的事啊,是我喜欢的事啊,我有源源不绝的内在驱动力,干吗要安上'坚持'这么土的字眼,我又不是被逼迫的。"

孩子们,这一点我完全可以现身说法,告诉你们一个写作者对待写作的态度是如何由激情四射鸡血满满变得理智甚至是痛苦的。最终,很不幸地告诉你们,不论你们开始时多么癫狂痴迷,慢慢地,写作真的会变成一项工作,一项你需要大量投入和付出、考验你的耐心和定力,并牺牲你很多日常快乐的工作。

在我十几岁二十出头的时候,有幸在一些场合遇见了一些作家,他们会和我说:"小姑娘,你为什么要写作呢?如果你是我女儿,我绝对不喜欢你去写作。当代的哪个女作家你喜欢?你说出来,我给你讲讲她的日常生活。"那个时候,我很困惑,因为那时写作令我快乐,我并不明白他们为什么会打击我。

但是,现在我懂了。

写作永远不是一个可以靠激情或者天赋维持的事。它的本质绝对是辛苦的。它需要大量兢兢业业、一丝不苟的付出,甚至是牺牲你的工作、你的健康、你的家庭、你的世俗生活。因此,当你真的决定踏上这条路的时候,就一定要做好牺牲的准备。

台湾女作家朱天文曾说：

> 每个人年轻时的写作，是凭才华和气场，那是浑然天成写出来的。可是写几年，不再年轻，素材也用完了，还可以用以前累积的老本再持续一阵子。我们活在这个世界上，太多东西可以把你引到别的路上去，人生就是无数个小的选择累积成今天的样子，每次小的选择、小的分歧都可能使你走到另外一条路。像美国诗人福斯特讲的，林间小径分成两条，我选择人迹稀少的一条，风景是另外一种面貌。我总在走一条比较难，比较稀少的，必须去搏斗，搏斗当中其实就会有东西出来。

朱天文用"搏斗"来形容韶华不再之后的写作。她初入文坛时非常年轻，才华横溢，一串串的句子出来都是石破天惊式的："我也头一次发现希腊的服装是西洋衣裳里最美的一种，那雪白长袍好像神殿的石阶石柱映着日色，日色不是色，是色之初，又是颜色又是光，是西亚细亚古代文明的光辉残照,却已足够照亮了地中海和它的天空,成为西方文明始生的星宿海。""三毛在激烈中有宽厚柔和的底子,她的冲突随处可以化解,她是'葱绿配桃红,参差对照的'。而邓肯是大红配大绿的对比,没有余地。"(《梨园素人》)

这样的句子,可谓天赋极高了。也能从中看到很好的家学渊源与国文积累。但她依然经历了"不再年轻,素材也用完了"的处境。后来她的出书速度变缓,前几年出了一本《巫言》,是耗时七年熬成的。这部小说的阅读并不轻松,处处可见作者在"搏斗",可见遣词造句的用力,可见匠心之深沉。写尴尬是"我感觉全身起了红疹,更说更乱已沦为病中谵语",写医生的不闻是非是"他把眼帘放下,目光衔在帘间",讽刺政客是"他之依赖群众,以至于酗。酗群众,酗摄影机,酗媒体"。这些词句,并不是脱口而出的大白话,非得来回掂量数次方能写出。从这样的语句中穿行,会明白这些就是她于"搏斗"当中收获的东西。

村上春树在自传性作品《我的职业是小说家》中,谈到自己写了35年小说的诀窍——坚持。他谦虚地认为自己本身并没有什么才华，不过就是一直坚持着把普通素材塑造成有魔力的小说。这番话看上去太过朴实，但真是坦诚。

通常来讲，在写作当中，有两种时刻需要我们咬牙挺住：

一是被外界质疑、拒绝时。

一个写作者在开始写作之初，就很可能会遭遇"出师未捷身先死"的状况。有的人一下就退缩了，认为自己没有那个天分，写小说只是在妄想；有的人要勇敢自信一些，但在遭遇连续的退稿打击之后，也渐渐退去了当初的热情；而那些走完或者没有经历过这两个阶段的写作者，在他们日后的创作途中，依然会遭遇到作品不被认可，或者退稿的打击。不管你的创作年龄有几载，脸皮被磨炼得有多"厚"，已获得的声誉有多高，都可能面对不被认可的时刻。

那么，在这个时候，我们该怎么做呢？

如果你来问我，我也要先问你一个问题："你还想写作吗？"如果你说不想写了，那好，就轻松地放下这个包袱，去干自己现在最愿意干的事吧。如果你说还想写,那么,就像对待我们任何一门必修课一样,像学习古文或者奥数一样,咬牙坚持。

记得念高中的时候,我参加了新概念作文大赛,结果作品未被选上。高中时《萌芽》是我最常看的杂志,新概念也是从第一届就开始关注喜爱的。我希望能凭借自己的作品来上海,来参与到这样一个优秀的写作者队伍中去,万一被哪所大学看中不用参加高考自然更好了。知道结果那天,我偷偷哭了整整一中午。原来倾注了那样多心血的作品什么也不是。后来,这篇小说虽被收入《新概念特色作品选》出版了,但对我而言,就像抽奖抽中"谢谢惠顾"一样,是一种很无力的安慰。在这之前的投稿,我一直比较顺利,包括第一次写小说就能够被发表等等。但是没想到,这次打击会来得这么大,让我低落了很长一段时间。从那之后,我再也没勇气去参加新概念作文大赛,甚至都不敢给《萌芽》投稿。

不过,很庆幸的一点就是,我终于弄明白每个人的写作风格是不一样的。我不擅长写《萌芽》

倡导的那种"创新"小说，我可能比较"守旧"。同时，我也渐渐明白，写作的挫败和失落是每个写作者都会一而再再而三经历的事情。我只能不断修炼，修炼，药不能减，功不能停。

许多年过去了，我自己考到上海读研究生了。我的第一部长篇小说《七月轮舞》参加由《萌芽》、人民文学出版社和"九九读书人"举办的首届"新小说家"大赛，从500多部参赛作品中进入15强，又经过演讲比赛和网上七日连载比赛，终于获得了"新小说家"大赛的新锐奖。2012年又获得"文鼎中原——长篇小说精品工程优秀作品奖"。著名作家、评论家苏童、叶兆言、赵长天、陈村、蔡翔联袂推荐说它"清新、温暖、感人，不一样的少女成长小说。"从此，我也在《萌芽》留下了自己的印记，实现了当年的夙愿。你看我现在在这里头头是道地谈小说，其实，我也跌倒过许多许多次。如果这条路我还想走下去，以后还不知道要跌倒多少次。

二是自身的创作进入低谷期时。

虽然我们在这里谈坚持，但写作其实并非是

一件坚持就能胜任的东西。写作从来都不是一门种瓜得瓜种豆得豆、付出与回报成正比的功课，和坚持学外语，坚持跑步毕竟还是有着很大的不同。所以有的时候，我们会遭遇低谷期。

写作有时会出现一段时间一个字都写不出来，或者写出来的每一个字都不够好的状况。朱天文的书里说，妹妹朱天心每日拎着袋子去咖啡馆构思写作，但常常坐了一天却一字未写。她戏称自己这样是"输钱去了"。心态非常好是吧。我也想告诉大家，在一段输钱的日子过后，终于有一天，朱天心回来宣布说：开始赢钱了。

我自己也有过几次明显的经历。一次在刚上大学不久，一次在大四下半年知道自己考上研之后。这两段时期都是我极度放松、自主时间多得泛滥的时候。刚打过胜仗后的轻松心态让我懒于思考，因为亢奋而显得浮躁。表面上的无事可做又导致了内心的虚空。那段时期我不想去写，也写不出来。世界变得缺乏意义，觉得自己变得又轻又干，一种庞大的无聊与虚妄让我显得很轻，而不能分泌出文字的我又是干巴巴的，皱缩成一团的。那种感觉真的很痛苦。一方面我念中文，看见许多高高在上才气纵横的作家；一方面却看着白纸只想去画老鳖，真的是画老鳖，我不是逗大家开心，我画了好多老鳖，有侧身的有正面的有俯视的。即便强迫去写，也常常觉得自己在被划伤，向外用力掏着一种情绪，非常疲惫。

在这种低谷与空白期，我总会质疑自己是不是仍有写作的能力。甚至讲，我是否从一开始就具备这种能力？那是一种很深的恐慌。我仿佛变得没有主心骨，任一种思想都能在我的脑中长驱直入。我会反复经历着被颠覆，又自我修复，再颠覆，再修复的过程。看看身边的那些写作者，每一个都是那么骄傲，那么厉害，再看看自己——哎，简直没法看。

直至写出新的东西了，能够再次言说内心了，我才像是重新找回了另外一个"我"。

很少有作家能幸运地一直走在写作的康庄大道上，能不受挫折风调雨顺地写到底。更多的状况是，我们面对着羊肠小径甚至就是死胡同，我们的灵感枯竭、手指僵硬、内心干燥，面对白纸失去了与之交谈的欲望。这种情况下我们怎么办？承认自己江郎才尽，承认写作只是青春期的特权，还是承认现实对于梦想的摧残？

还是之前那句话，如果你想写，请坚持写。

坚持写作的前提是："我想写"。南非作家埃期基耶尔·慕帕赫列列说："我写作是为了自我约束。一旦搁笔，我便感到失去了自我，也无法进行自我修养。"[1]南非诗人马齐齐·库内内也说："写作是我生活的内容之一，是一项不能停止也不愿停止的工作。……我的整个身心已被写作完全占据。"[2]

叶兆言老师曾在我的小说扉页上赠言："享受写作"，我想，指的就是这种遵从内心的写作状态。

哪怕真的低谷了，也不必慌。所有的创作都是曲线向前的。我们可以选择暂停手头的创作，

---

[1] 王歌、郑欣译，林辰编选：《世界100位作家谈写作》，上海文化出版社，1987年版，第17页。
[2] 王歌、郑欣译，林辰编选：《世界100位作家谈写作》，上海文化出版社，1987年版，第18页。

回到阅读温暖的怀抱中。那些让我们感觉停滞的东西，可能过去两周、一个月后，就会自然消散。走出低谷后，再来看原先的作品，会找到许多重塑的方式。

二、制定任务表

有了这种"想写"的念头，我们最好不要太过随心所欲，而要以一种严谨踏实的态度来看待自己的写作。比如：今年我打算写多少字？打算尝试哪些题材领域？我的素材积累得如何？是否需要去图书馆查阅或咨询专业人士？是否需要深入一线实地考察？平均到每一天，我大概要写多少字？一篇初稿出来放置多久再进行修改？我是主打网络文学、报刊文学，还是长篇小说？……

记得我在写《七月轮舞》的时候，因为想赶着和另外几本书一起出版，编辑给我的时间只有一个月。一个月写一本书？那时候我觉得怎么可能！正常情况下，我一天能写2000字已经了不起了，写个两三百字也算没白过。无奈机会宝贵呀，失去一次下次碰到没准要五百年后了。于是那个寒假，同学聚会省了，逛街臭美省了，连每天早上的洗脸都省了。大年三十的时候在写，年初一在写，每去一家拜年，都是直奔人家的电脑而去，饭点到了出来吃点饭，然后再进去写。每当我写得头脑发昏双臂发麻的时候，都很想站起来大喊大叫着跑两圈，那种被无形的鞭子催促的感觉，至今记忆犹新。后来，面对这本12万字的作品，我自己都很难想象，如果不是编辑急要，靠我自己这么磨磨唧唧的个性，也许世界上根本就出现不了这本书。我就觉得，其实，写作绝对不是一件随心所欲的事情。你得定目标，得有每日任务，得给自己施压。

还有那次参加"新小说家"大赛的网络七日连载比赛，七天里，每天都要有更新。这对散漫惯了的我而言是多么大的挑战！我采取的战略是——一天内写好一篇小说的初稿，然后边修改边发布。于是第一天，我就写了7000多字。写完了，自己都大吃一惊，原来自己的生命力还很旺盛嘛！小姑娘挺能扯的嘛！

那些高产的小说家，都会把写作当成一项认真的工作来对待。记得之前参加"新小说家"大赛时认识了哥舒意，他就是专职在家写作，作品一部接一部地出，质量挺高。严歌苓则是公认的高产小说家和剧作家，她长期以来埋首创作依靠的就是——纪律。据说当实地考察完毕，资料收集到位，进入写作状态后，她每天四点起床，写完3000字才去做别的事情。

少年成名的作家蒋方舟也曾在微博里提到过：好的作家勤奋和自律的程度和运动员没什么区别。我们要像运动员一样制订训练计划，每日踏实完成。很多运动员在密集训练时都会呈现出半闭关或者全闭关的状态，每日打卡。创作小说也当如此。

三、把自己"关起来"

可能有些孩子会说，老师，我挺想写小说的，但总觉得时间不够用。以我的经验来看，"时间不够用"基本上都是假象，是一种借口和推脱。鲁迅先生说，他不过是把别人用来喝咖啡的时间花在写作上了。作为学生，我们可以多利用寒暑假，把那些可能会花费在聊天、游戏、逛街等娱乐休闲上的时间充分利用起来。另外，在日常生活中，我们也可以见缝插针地进行片段写作，比如在排队的时候，等车的时候，坐地铁的时候……其实有太多的零碎时间值得我们利用。基本上，那些我们觉得可以拿出手机看两眼的时间，你都可以拿来进行创作构思。

记得我还是学生的时候，有次去北京找当时正在清华读研的姐姐，曾在清华校园里混过一个礼拜。那个礼拜给我最深的感受是——清华学子太会抓时间了。走在郁郁葱葱的校园里，你见不到晃晃悠悠的人，见不到手拉着手漫步的情侣，甚至连步行的人都极少见到。所有的学生都背着大大的双肩包骑着单车从你面前哗啦而过，大家都在赶时间。连去食堂吃饭，你看到的也不是三三两两聊天嬉戏的食客，竟然有很多学生会一面等饭一面拿出文件来读。那个时候，我就深深地感觉到：他们考上清华是有道理的。"得闲暇者得天下"，如果我们也能用那样一种认真踏实的治学态度来对待写作，你会发现，并不是时间不够用，而是自己抵抗诱惑的能力太弱。

现在网络的诱惑太大。因为娱乐休闲变得太容易了，只需要拿起手机轻轻一点，一个色彩斑斓的世界就会展现在我们眼前。看不完的剧，打不完的游戏，聊不完的天，养不完的小动物……别说小孩子，连成年人都在一面高呼"被手机绑架了"，一面又不断拿起手机。我自己一个很明确的感觉是，当智能手机充斥了我们的生活后，耐心和定力就变得薄弱很多。看到很厚的书，烦；看到一段烧脑的话，烦；看到一些和平日里自己的阅读喜好不相符的内容，烦……好不容易"憋"出来了一点创作的欲望，结果拿起手机一刷，看看热点新闻、朋友圈，热热闹闹、嘻嘻哈哈一阵再来面对白纸，就一个字也写不出来了。

在这样一个大环境下，一个人如果还想在"明月松间照，清泉石上流"那样的静地安心写小说，基本没有可能性。因此，我们看到很多作家在进行创作时，会有意识地把自己"关"起来，选择一处深山老林，远离尘嚣之地，静心创作。有的作家还会主动关机，甚至连人也不见，生怕自己沉潜创作时会受到什么干扰。

坊间传闻，列夫·托尔斯泰在创作《复活》时，将自己锁在房里，对佣人说："从今天开始，我就死了，但别忘了给我送饭。"进入创作阶段，作家与外界的联系只剩下一日三餐，是一种高度的专注。

我也有类似的感受，我最能写的时候是高中时，那时候还不流行学生用手机，唯一的诱惑就是电视。但我爸从我小学三年级起就把我家的有线电视线给拔了，家里那台旧电视仅能收到两三个频道，还超级模糊。断绝了这个在当时最大的诱惑，学业之余，我只有阅读和写作两种休闲模式。那时候真的挺高产，基本上那边编辑来电话说小说录用了，这边我又有新的作品邮件过去。

记得有一次获奖，被电视台采访，记者问："对爱好文学的孩子们你有什么话想说？"我说："请拔掉你家的有线电视线。"记者轻嗤一声打断我："你怎么能这么说呢？我们总不能让人家拔电视线呀！你让我们怎么写？你看看人家韩寒怎么说的！"然后就不采访我了，就收起话筒招呼摄像师走了。韩寒怎么说？当时在记者的笔下，韩寒退学了，批判高考一无是处还会耽误文学创作……这在当时很轰动，很有热度。

过了这么多年后，韩寒自己说"退学是一件很失败的事""高考是基本公平和有效的""如果你真要走上自我学习之路，我个人不建议在大学前离开学校"……

而我到了今天，还是要对你们这些爱好文学的孩子说：请别看电视，上交手机，杜绝一切可能的诱惑。

斯蒂芬·金就曾在《写作这回事》当中提出要戒电视，如果你认为那些五花八门的电视节目更有趣，那么可能对于写小说，你也并没有很认真。时代发展到今天，可能我们并不仅仅需要戒电视，更要戒的恐怕是手机和电脑。连韩寒都说："时代不一样了，在我退学的上古时代，吃鸡就是去肯德基吃原味鸡，吃瓜就是路边买个瓜吃，所谓玩手机就是掏出你的诺基亚，把屏幕从绿色的变成橘色的，周围人都惊呼牛逼。比如我，退学后，一周就要去好几次陕西南路地铁站的季风书园买书，回来看书看电影写东西远行采风，采风这两字听着土得掉渣，但基本娱乐生活就是这样的。如果我在今天退学，八成也是要荒废在打游戏和玩手机上。"

越是喧嚣的地方，你越需要有把自己关起来的决心，对日常生活保持某种"疏离"和"节制"。当你有话想说时，不要去网络找人气，不要把聚集起来的那种想要"输出"的感觉通过聊天、刷抖音释放掉了，可能再来面对白纸时，你会坐不住；当你觉得孤独苦闷时，不要去唱KTV、吃火锅、买买买、打游戏，把那些滔滔不绝热气沸腾留给你的笔吧。所以我们看到很多作家，在生活中是不善言辞，甚至是有些害羞的。但他们却能在白纸上建立起一个属于他的王国，在具体的生活之外，以自己的方式自由驰骋。

如果你们真的想写出点什么，写出点还不错的什么，就必须做好花时间的准备。这是一条非常简单的真理。你热爱，你投入，必然会压缩休闲娱乐的时间。你得有这样的心理准备。写作的人又苦又孤独,但同时记录时光与故事,你也会变得更丰富,也更懂得自己。

坚持,是每个写作者或者想成为写作者的人都必须具备的素质。

对日常生活保持某种:

"疏离"和"节制"

【习题与思考】
如果你是靠青春的热情来写作,有没有想过青春期过后的路?

【拓展阅读】
胡钺:《我为什么写小说》

【附录】胡钺在上海首届"新小说家"大赛的演讲稿——我为什么写小说

第一次写作文之外的文章,我念初一,我写了一个一出生就被遗弃的女孩最终被生母领回,却又发现是场误会的故事。创作动机我已经忘了,也没有想过投稿。等到初二暑假的某一天,我发现我的启蒙读物《少年文艺》中有一篇少年习作还不到我的水平,于是就写了一篇搞笑版家庭生活故事《Hi!弟弟们》寄过去,后来发表了。这件事情极大满足了我少年的虚荣。因为从小到大,我一直是默默平和的小孩,不擅长念书,没有漂亮的成绩,但我也没有顽劣小孩的叛逆与桀骜不驯,没有勇气站起来对一切说不,说你们等着瞧。总之,我绝对属于不高不低、无声无息、谁也不会注意的孩子。我的自我期许值一直很低,只是循规蹈矩地过着我应该过的生活,对于周围的一切都没有信心,也不大关心。

第一次发稿时我的生活就是这样,并且似乎要永远这么下去。但小说发表了,而且发表在我一直喜爱的刊物上。我记得我当时是很雀跃地跑回家大声宣布了这一消息，并且当晚就迫不及待地做了几个详细的写作计划。我非常想通过写作证明自己，引起别人的注意。

于是写小说，在我念初中的时候，只是一种孩子的心机，就好像有些小孩通过念漂亮的成绩来证明自己是好孩子一样，我想通过写作来得到肯定。

后来我念高中，进入了青春期。变得敏感多思，仍旧不爱讲话，不爱交朋友。其实也不是不爱，而是不擅长，如若主动出击说"嗨，我们做好朋友吧"，会担心有被拒绝的危险，而被拒绝是我当时最不能够忍受的东西。向外的交流不能形成，我就转向内，记日记自己说给自己听，因为日记本不会拒绝我。但写日记，我仍觉得不够，不足以表述我当时丰盛茂密的感情，不足以宣泄我那些绵延不绝的委屈与惆怅。十几岁的孩子一般都有发泄过剩青春期感情的途径，比如运动、上网、谈恋爱。而我只是恰恰好选择了写作。

于是小说在我高中的岁月里，是一种纯粹的

宣泄感情的载体。

等到读大学，我念了中文。我以为念中文很简单，很手到擒来。后来我才发现自己面对的是多么庞大无边际的沼泽。我走进去，我看见了那么多的作家，那么多的流派那么多的团体，看见各式各样稀奇古怪的评论。这些东西有时令人拍案叫绝，饶有兴味，更多的是让人陷入一种沉重的思考。世界那么大，写作已经完全不是我念中学时想当然的那样。我看见了许许多多的大路，许许多多的可能性，这片望不到边的世界让我惊觉自己的无力与弱小。但正是因为此，我更加急不可耐地想投入到这样一种生活当中去，去吸收养料，让自己变得强大，变得有能力去做一个真正的自己。

这么一来，我就有些与生活脱节，而是顽固地沉浸在自己的世界里，害怕沾染上现实的污垢，活得最轻飘，不是脚踏实地的。我不参加学校组织的任何活动，不热衷于社交，整天逃课出去旅行。以至于到了大二我连同班三十几个同学还认不清。我当时特别害怕自己将来会变成一个只操心电视剧下集演什么、菜价是涨了还是跌了、孩子放学谁去接这类问题的女人,我厌恶甚至是恐惧这种琐碎平庸的现实。而小说就是我唯一能抓住、使我双脚离地的东西。

当时刘恪老师跟别人这么描述我:"每次一见她她都顶着个大脑袋,好像思考了太多东西导致头太沉重,脖子支撑不动而总是摇头晃脑的,像幽灵一样慢慢地飘来飘去。"这评论后来我听了好笑,但是现在回想起来,也许大学我真的是飘了四年。固执地认为只有写作的我是与众不同的,才是一个别样的不流于俗众的人。我高估了自己抗现实的能力,也把写作推进了象牙塔尖。

于是在我的大学,写作是我逃避现实的稻草,我那样拼命地试图抓牢,害怕一不小心跌下来,跌得比常人还要低俗。

至于现在我为什么会写作,暂且这样说吧:我需要通过写作确保我还是我自己。

写作就像低调的自我扩张。进入写作里,实践着多种多样的可能性,把各式想法投入到生活的洪流中去,在汉字中找到一种难以抑制的涌动感，找到层出不穷的维度，这是我很享受的一种状态。也只有进入写作，才能让我从生活的各式琐碎中将自己沉潜下来，从繁重的工作与庸常的生活中解脱出来，面对一个真实的抗干扰的自我，一个自由自在自如的自我。

其实，如果停止写作也可以，毕竟人是可以很顽强地活着的，没有谁离不开谁，也没有谁离不开某物。但是，我一定不会喜欢那样的自己。我更愿意做一个带着"青春时代的梦幻"继续承启写作苦旅的人，一路跋涉，向往远方，去寻找那片依然还很遥远的小说林。

4 小说诞生后

"正是**你为你的玫瑰**花费的时光,这才使你的玫瑰变得**如此重要**。"

——圣·埃克絮佩里《小王子》

第四章

小说诞生后

前面几章中,我们聊到了小说写什么、怎么写,以及写作者应该具备哪些素质。在这一漫长的过程中,可能有些同学已经写出了小说初稿,这一章我们谈一谈,小说初稿出来后,我们可以做些什么。

第一讲
给小说整容

有些创作,是灵光一闪式的,往往一气呵成,作品在短期内就能呈现出完整的样貌。

记得我还单纯是《少年文艺》的读者时,有一次看到一个特别喜欢的作者的创作谈,她讲她当期的文章是过18岁生日那天晚上,一口气创作出来的,之后也没有改过一个字。后来我常常羡慕这种创作的激情。那该是怎样的文思泉涌、喷薄而出,何等畅快洒脱!而我的作品从来就没有"一遍过"的,往往是改了又改,改了又改,连这本书,也大致经历了《选修课资料》《选修课教案》《选修课校本教材》《我也可以写小说》《我也可以写小说最终版》《我也可以写小说超级无敌最终版》《我也可以写小说打死不改一字版》《少年小说课》《少年小说课出版稿》等多次大动。

当中小的修改更是数都数不清。在我看来，小说出初稿只是第一步，难的是之后漫长的修改过程，那真是回环往复，所耗时长、经历一点也不比写初稿时少。

还好，我的曹偶像也曾"批阅十载，增删五次"。从红学家的研究看，小说的很多部分曹雪芹是斟酌了数次，改了又改的。还有很多作家也是如此：托尔斯泰花了10年时间修改了23次玛丝洛娃初次亮相的场景。金庸在他的作品研讨会上也说"鲁迅先生说：'好的小说要修改五十次。'"并表示他也要改，最后还真的改了。我们去翻看很多小说，会发现最后作家会记录下初稿、第二稿至定稿的日期，往往也间隔了数年时间。小说，绝对是在"衣带渐宽"中熬出来的，是长久酝酿的产物。

对于那些初稿不够理想的作品，我们要耐着性子不断雕琢，虽不至于"一字穷岁月，十年成一赋"（何蘧语），但必要经历"涂窜甚多"的阶段。我每次刚写完一篇小说，初为人母，欣喜若狂，觉得那小鼻子小眼睛小脚丫怎么看怎么可爱。等过上两天再看，又成了别人家的孩子，哪里都不对劲，怎么改都改不好。后来，我慢慢习惯了自己这样的状态，索性写完一篇就扔到一边去，过上十天半月再回来修改。大家不要小看这十天半月，有了一定的时间间隔再来看这篇小说，眼光会更加客观、全面、成熟。

记得创作《紫葡萄和珍珠奶茶》时，初稿出来后只有七八千字，结构上明显头大腿细，字简单，身上的独特性完全没有体现出来，而这篇小说的成败绝对要看这个人物是否塑造得成功。好在经过多年的实战，我清楚地知道这篇初稿"不行"，没敢投出去自取其辱，与其被编辑打回，还不如我自己先行否定，再找机会重来。于是我就把稿子放到一边。但我也没有轻易放弃，大概一周后，再次拿起，很多当时没法安排妥当的地方都变得面目清晰起来。二稿的创作很顺利，内容充实了，人物也更鲜明独特，字数翻了一倍。投稿后不但很快被杂志录用，还被《儿童文学选刊》作为头条选载了。在写了烂稿后能够坚持修改，其实也是不断实践带给我的自信——不要轻易否定自己。

这里选取几个角度来谈一谈，我们修改小说时，可以关注什么。

一、文章的逻辑性

文章的逻辑性，是很多初学写小说之人会忽略的东西。

我曾一度反思：是因为学文的人普遍是靠"感觉"而非"逻辑"，靠"灵感"而非"思索"来为文的吗？后来做了老师，每周都要辅导学生们的作文，我渐渐发现，并不是脑袋偏文偏理的问题，而是我们从小的语文教育往往忽略了对语言逻辑性的培养。

孩子们有了素材，词汇量也不错，但就是会把一件事讲得颠三倒四，一个句子来来回回地写，段落的排序不够严谨，基础信息不给全……而我们的考场作文，又偏偏不很看重这些，而更看中什么立意、什么三观这些更抽象更主观也更难以抓的东西。我认为，小学和初中低年级的作文教学，并不应该把立意放在首位，而要重点训练作文的基本功。在基本功中，就有一项很重要的能力——文章要有逻辑。

其实，从我们儿时的口语表达起，家长和老师就可以有意识地训练孩子的逻辑性，引导孩子关注自己说的话有没有断层，有没有漏洞，孩子将来的笔头写作就会有很强的逻辑性，知道环环相扣。

关注叙述的逻辑性，可以从以下几点入手：

1. 句子间的逻辑

环境描写和人物描写是一篇小说中最容易东抓一把西挠一下的地方，初学写小说的同学，往往喜欢眉毛胡子一把抓，既没有重点，也缺少线索。例如下面这篇写景色的：

①走过几步，就是池塘，池塘的水很绿，大片的青萍浮在上面。②夕阳美丽极了，远处孩子们的笑声隐隐传来。③池塘边上有一个刚刚翻修好的亭子，漆还是亮的，似乎能流淌下来。④池塘中还有几只鸭子，嘎嘎叫着，十分有趣。

客观来讲，作者对景物的捕捉能力还是不错

的，词汇也用得很恰当，但读上去总觉得不顺溜。第①句在描绘池塘，是近景；第②句在讲夕阳和孩子，是远景；第③句讲亭子，是近景；第④句又回到池塘，也是近景。

我们把这些景物提取出来：

池塘→夕阳孩子→亭子→鸭子

（近景→远景→近景→近景）

问题就一目了然了——对于景物的描写太过跳跃。讲池塘，就把池塘讲清楚，再去讲其他。要有一个由远及近或者由近及远的空间顺序。这样的话，读者就像跟着在看一样，目光是延续的，是依次划过景物的。我们可以把这几句话重新的进行排序：

①走过几步，就是池塘，池塘的水很绿，大片的青萍浮在上面。④池塘中还有几只鸭子，嘎嘎叫着，十分有趣。③池塘边上有一个刚刚翻修好的亭子，漆还是亮的，似乎能流淌下来。②夕阳美丽极了，远处孩子们的笑声隐隐传来。

这样一来，就顺畅多了，句子之间形成了由

近及远的空间顺序。但这样僵硬地调整顺序还不够，我们还需要在句子之间加上一些过渡词，使得句子的衔接更加自然：

走过几步，就是池塘，池塘的水很绿，大片的青萍浮在上面。<u>青萍间游着几只鸭子，嘎嘎叫着，十分有趣。</u>池塘边上有一个刚刚翻修好的亭子，漆还是亮的，似乎能流淌下来。<u>这片景色被美丽的夕阳笼罩着，伴随着远处孩子们的隐隐笑声。</u>

最后一句指示代词"这"的使用，使得段落自然而然收了一个结，由此，句子间的逻辑关系达到了最佳，不仅句群间形成了由近及远的空间顺序，句子与句子的过渡也关注到了。

人物描写，尤其是肖像描写也是一样，描绘的东西要按照一定的顺序。要么从头到脚，要么从外貌到服饰，要么从最鲜明最特别的地方写起（例如写王熙凤先写她的笑声）……总之，句群间要有一定的逻辑关系。

2. 段落间的逻辑

句群间的关系理清了，还有一层更大的关

系——段落间的关系。我们写小说,往往是多材料的,数个材料出现在一篇文章里,那么大家就要思考,为什么我要首先写这个材料?几个材料之间能互换吗?我最想重点表达的材料是哪一个?

有一次,我们布置了一个题目《嘿!真新鲜》,沈享尔同学写了他的数学老师很新鲜,不是长相新鲜,而是教学方法很独特——他喜欢引用古诗词。这个孩子写了两件事,材料一:老师在讲一题多解时,引用了"横看成岭侧成峰,远近高低各不同"的诗句,"一题多解的思想伴随着这两句诗词深深地在我脑海中刻下了烙印"。材料二:有一次做题目时,辅助线画了满黑板,大家都很茫然,老师大手一挥,一面说着"乱花渐欲迷人眼"一面擦去了那些多余的辅助线,活跃了课堂气氛。

我问孩子:"这两个材料为什么要这么排序?"

他挠挠头,也没说出来。

估计孩子是先想到哪件就先写了哪件,但文章一出来,很明显,这两个段落间是有关系的,段落一写老师通过古诗词帮助我们获得数学学习的方法,段落二写老师通过说古诗词活跃了课堂气氛。学习方法的获得理应比活跃课堂气氛更深一层，也更能体现文章主旨。

给孩子这么一说，他很快领悟过来，把两个材料一换，段落间由浅入深、由表及里的逻辑关系就成立了，文章的主旨随着材料的深入自然明确起来。

3. 基础信息给足

大家在动笔写小说前，一定要有一种意识：我不是写给平日里连我妈叫啥我家狗有几只都知道的语文老师看的，也不是写给身边这些连我啥时候理的发都知道的同学看的，我是写给陌生的读者看的。他们不认识你，不了解你，不知道你的小脑袋里喜欢想些什么。因此，有些基础信息，可能在你看来是"全世界人民都知道"的，但放在客观环境下，如果不交代清楚，就会造成阅读的误解和障碍。你一定要在作品里头给足必要信息，不要让读者自己去猜，去假设，让读者去帮作品自圆其说。

比方说有同学写和父母的矛盾，然后写"一周后，我回到了家"，这里头就有基础信息没给全，

"我"作为一个未成年人,怎么会"一周后"才回家?是住到了亲戚家?还是住校生?还是离家出走一周未归?我给这个孩子指出这点漏洞时,她很不好意思地说:"因为我们学校都住宿嘛,就按照住宿生的样子来写的,没想这么多。"我说我特别理解,初写小说者,往往还没有摆脱写作文的惯性思维,是容易出现这样的问题,但读者是不晓得作者是个寄宿生的,更不知道因为作者是寄宿生,所以就按照寄宿生的生活来写的。读者会纳闷:这一周她到底去哪儿了?就为这么大点儿事离家出走一周未归?她爸妈不知道急吗?没有去报警吗?现在的00后真是太叛逆了!在这些疑问之上,会进一步怀疑这篇小说的"真实性"。一旦觉得"这小说有点假""瞎编的吧?",就会自动降低阅读的代入感、共鸣度。小说进不了读者心里,是我们作者不愿看到的事。

还有同学想写一篇反映二胎矛盾的小说,这个立意挺好的,他在文章一开头交代"弟弟生病了,被送去了爷爷奶奶家",过一会儿又写:"妈妈在厨房帮我和弟弟做晚饭。"读者又不免疑惑了:

弟弟不是被送走了吗？难道爷爷奶奶不会做饭一会儿妈妈还得去送饭？但是我们班的小孩不会产生这样的疑问，因为——这位作者有一对双胞胎弟弟。

还有的同学，对于一些本地习俗没有任何解释，默默认为地区的就是世界的。比方说在上海的南汇地区，习惯把"外公""外婆"叫成"爷爷""奶奶"，于是他写小说也这么写。写奶奶唠叨妈妈"亏我把你养这么大！"，这时读者不免又有疑惑：妈妈是奶奶养大的？是童养媳吗？——对于这些地方习俗，我们要么在文章里交代一下，要么直接按照全国标准来写作。

4. 符合生活逻辑

在修改过程中，还要特别关注常识性的东西，比如几月开什么花，什么地区不会长什么，哪句名言是谁说的……要做到生活常识的零失误。

有一次，我们一位同学写他的爸爸，这位爸爸是一位人民教师，"一天一共有九节课，他几乎都被排满了。"我一看惊呆了，真的想给他批语："是亲生的吗？"按照我的职业体会，一天四节课已经半条命没了,到了复习阶段一天五六节课那真的是用命在教学,而这位爸爸一天九节课,那还能活吗?哪怕是因为特殊原因,比如说这一天该年级的所有老师都去结婚了,在文章中也要有所交代,而不可以为了表现爸爸的伟大刻意歪曲事实,脱离生活实际。

还有一次,一位同学写小区里的保洁阿姨,"春节期间,她也回家过年了,当人们再次踏上这条绿荫小道时,两旁的垃圾随处可见,散发着阵阵恶臭,枯黄的落叶铺满了小路,难以行走。"我这次是真的没有忍住,给她批语:"物业费交了吗?"这个地球离了谁不是照转?离了一位保洁阿姨,小区就"阵阵恶臭",这在现实生活中怎么可能发生,业主们肯定要去围堵物业了。

类似的不符合生活实际的地方,大家在修改时一定要改掉,别闹笑话。

二、叙述的流畅性

如何叙述清楚一件事,这其实是一种无须多

强调的基本功,一个人连事情都讲得颠三倒四、糊里糊涂,又怎么指望他能表达出他真正想要表达的呢?不过,这一基本功,现在却被淡化了。现在很多网文,病句一堆,前后重复,节奏失衡,或者情节发展太跳跃,前文缺少必要的伏笔与铺垫。这些都是没有在"叙述清楚"这点上好好打地基。

1. 删除不必要的内容

在修改的过程中,有一个能力很重要——删除。那些与我们想要表达的东西无关的,都可以删了。比如我们想写 A 和 B 的关系,那么 A 和他的七大姑八大姨的关系可能就是不必要的;我们想写 A 的大学时代,那么他幼儿园尿裤子这事可能就不需要写出来。我们有些同学,大概是觉得自己辛辛苦苦一个字一个字熬出来不容易,这也舍不得删,那也非要留着,这就导致其作品背上了许多沉重的包袱。包袱无用,大可洒脱一些。

不过,删掉的这些东西千万记得存档。大家不妨像老师一样,专门做一个名叫《删》的文档,把在修改过程中删掉的内容都存下来,没准下次就用到了呢。甚至有可能是：第一稿你删的内容，到了第四稿又需要加上了。等到了要用时再去懊悔"当初怎么就删了呢"想去剁手，不如未雨绸缪，不必再重复劳动。更何况，基于小说写作的特殊性，很多东西真的是诞生于彼时彼境的。脱离了那个情景那个心境让你再写一遍，相信很多人都写不出来，或者写出来怎么都不对味了。

2. 尽量少用回忆性的插叙

小说用插叙，过去比较常见。有的长篇小说，一个插叙就是上万字。当代小说家用的就比较少了。因为它不符合当代读者的阅读习惯。就像读者开着一辆跑得很欢的车子，猛地被一个障碍物给挡住了，不能往前开了，还得倒回来，他心里能爽吗？我们在看电视时，也常常看到这样的镜头——一个人要死了，或者要走了，于是出现大量的回忆性镜头来描述他的过往；恋人要分手了，于是出现大量的镜头来回忆他们曾经的亲密……很多人都觉得啰嗦，往往会选择快进。写小说也是如此。非用不可时，也要选择一个关键性的场景和一个很自然的过场，尽量别打断正常的叙述太久。

3. 不要写太多长句

小说的语言，并不需要诗歌那样的凝练，不需要句句都"微尘中有大千，刹那间见终古"，而是变化多端、形随物动的。但我们有些孩子的语言是"瓢泼大雨"式的，劈头盖脸砸下来，不讲究句式，不讲究间隔，恨不得把所有信息融入一个句号当中。例如：

被撞倒的是一个年轻的小伙子穿了一件皮夹克却因为他的汤把整件衣服都弄得油腻腻的与原本崭新的皮夹克形成了鲜明的对比。

这句话，完全可以拆分成：

被撞倒的是一个年轻的小伙子，他穿了一件崭新的皮夹克，此刻，却被他的汤淋得油腻腻一片。

一些文采斐然的孩子特别喜欢使用长句，主谓宾之间添上一堆的修饰，且一长到底，每个句子的成分都很庞大。有一次，我选了一段让孩子们读出来：

鲜妍繁复的花朵简直把大理石碑上的字都要全部覆盖，花叶间翩跹起舞的白粉蝶已显疲态，指甲大小的薄翅膀上斑驳沾染着花瓣的色彩和阳光的金黄。每截花柄上都附着一张小巧精致的字条，粗细各异大小不一的笔迹蜿蜒曲折在其上。我想了想又上前把手里快要凋落的花朵送到那嫣红姹紫中间。墓主人的生前便夹杂着老人的叹息与咳嗽落入我耳，又飘忽散去笼在满山的烟火香烛之上。

大家读了一遍，渐渐的，就觉得有点喘不过气来，最后很多孩子笑场了。"太难读了！""太拗口了！"大家纷纷喊。"你们读起来觉得累，读者看起来也会觉得累"。一口气用完了，还没来得及喘匀，又一个长句扑面而来，就好比一个八百米跑完，又一根接力棒从天而降，又是一个八百米。一篇文章看下来，读者像是跑了个马拉松，怎么都不能说是愉快的阅读体验。

通常来讲，流畅的叙述是句式参差不一、长短交错着推进的。上面的选段，如果能适当插入一些短句,就会做到文采与流畅并行。该要加强语气的地方还可独句成段,让读者在阅读时自然在此处有一个逗留。

想把长句改成短句,一个是删除不必要的修饰词(形容词、副词),另外还有一个途径:把常式句改为变式句。例如:

白发老人牵着老伴枯瘦的手缓缓地走在夕阳沐浴下的街道上。

这句话中,"白发"和"枯瘦"这两个词属于赘述,已经说了是老人和老伴,就不必再强调属于老人的特征——白发、枯瘦。于是初步简化成:

老人牵着老伴的手缓缓地走在夕阳沐浴下的街道上。

句子虽然略微简洁,但节奏感尚未形成,此时可以把"缓缓地"这一副词提前,并加一个逗号:

缓缓地,老人牵着老伴的手走在夕阳沐浴下的街道上。

从常式句改为变式句,把"缓缓地"提前,加逗号——这都起到了强调"缓缓地"的作用。句子一上来就是缓慢的,有逗留的,搭配上老人、夕阳,可以说,达到了句式和内容的高度统一。

又如:把"他的课桌上乱七八糟的放着许多书"改为"他的课桌上放着许多书,乱七八糟的"。把"他一个人默默地仰望着天上的星星"改为"默默地,他一个人仰望着天上的星星"。使得句子更有节奏感,强调了"乱七八糟"和"默默地",且把"默默地"单独拎出来,更显孤独,与"一个人"的契合度也更高。

另外,大家在修改小说时,一定要关注有没有多余的"的""了""啊"。尤其是"的","XX的XX的XX的XX"这种句子千万要慎用,你不是在写绕口相声。能够一个字讲清楚的,不要去写两个字。尤其是短篇小说,每一个字的使用都要尽量做到精挑细选。王安石写"春风又绿江南岸",其中"绿"是打败了"到""过""入""满"等十多字的,小说虽不至于"两句三年得,一吟双泪流"(贾岛语),但语言也应当是精炼的。

4. 主语不要太跳跃

还有一个可能会导致叙述不畅的原因在于，主语太跳跃。我们来看这段话：

> 我跟在那群久别重逢的孩子后面，途中堂妹非要买花，我就出钱买了一支向日葵。刚付好钱，一个陌生的小男孩泼了半瓶矿泉水，恰好泼到了我的裤脚上。就这么走走停停，终于到了山顶。那顶毕业时同桌送我的鸭舌帽被我摘下，大风扑面，真舒畅！

我们把这一段的主语提取出来：

我→堂妹→我→小男孩→（我）→鸭舌帽→我

这一小段文字中出现了五次主语的变换，且是句句都变，大大降低了文字的流畅性。我们完全可以给这一段统一一个主语——"我"：

> 我跟在那群久别重逢的孩子后面，途中帮堂妹买了一支向日葵，刚付好钱，裤脚被一个陌生小男孩泼了半瓶矿泉水。就这么走走停停，终于

到了山顶。我摘下那顶毕业时同桌送我的鸭舌帽,大风扑面,真舒畅!

三、标点的准确性

修改小说时,还要注意标点符号的使用。一般的叙述,要严格按照标点符号的使用规范来用。有些同学喜欢一逗到底,或者省略号用句号代替,分号用逗号或句号来代替,这在写小说时肯定是不行的。

标点的使用其实很有讲究,但是在作文教学中往往被忽略。马伯庸曾在微博里举过一个特别生动的例子:

"眼见他起高楼,眼见他宴宾客,眼见他楼塌了"是《桃花扇》里的名句,讲苏昆生在明亡之后重游南京,看到凄凉景象,回想昔日辉煌,哀伤感慨。我看到很多版本里,给这三句加标点用叹号,我觉得用句号更好。句号平淡,有一种深切的内敛隐忍,感伤五内,用叹号的效果,总觉得像忍了很久的幸灾乐祸……

这里,不对标点的运用进行展开,单挑一些大家平日里最容易疑惑的地方,举例说明。

1.是用逗号还是冒号

如:

尹不懦说:"秋千,你别回北京去。"他从沙滩上爬起来,用手指着河边,"你看我们这儿多好。"

尹不懦说:"秋千,你别回北京去。"他从沙滩上爬起来,用手指着河边:"你看我们这儿多好。"

第二个引号前面到底是用逗号,还是用冒号呢?你如果留心这样的句式,可能会发现这两种用法都有。不过现在第一种比较常见,也更合理。因为还是同一个人在说话,后面一句就不必要再用冒号了。

提醒同学们一点是,你无论选用哪一种方法,一定要一直用到底,不要两种混用。

2. 需要加顿号吗

《标点符号用法》（2011年发布的版本）中规定："标有引号的并列成分之间、标有书名号的并列成分之间通常不用顿号。若有其他成分插在并列的引号之间或并列的书名号之间（如引语或书名号之后还有括注），宜用顿号。"

例如：

教室里挂着"知识改变命运""好好学习，天天向上"等名言。

老师推荐我们看《冬牧场》《看见》《目送》等书。

细心的同学可能已经发现老师这本书里，凡是并列的引号、书名号之间都没有用顿号。

3. 标点能叠加吗

《标点符号用法》（2011年发布的版本）中规定："表示声音巨大或声音不断加大时，可叠用叹号；表达强烈语气时，也可叠用叹号，最多叠用三个叹号。在没有异常强烈的情感表达需要时不宜叠用叹号。"

例如：

轰！！一声巨响，天地为之变色。

我要发声！我要呐喊！！我要仰天长啸！！！

"当句子包含疑问、感叹两种语气且都比较强烈时（如带有强烈感情的反问句和带有惊愕语气的疑问句），可在问号后再加叹号（问号、叹号各一）。"

例如：

你连你自己的亲妈都不养，凭什么说自己是孝子？！

【习题与思考】

请把以下这段话捋顺:

"肝癌叫他加速衰老,因病痛与未了的执念而日夜辗转无法入眠;他的双臂不再有力,空执一把刻刀却再虚浮着雕不出深邃的花——尽管他留下的木器曾多么美丽。那台小方桌的桌角,还刻着他理想中自己因木雕手艺上台领奖的场景哩!老木匠临终时还攥着那把至今柄上仍有余温的木凿子。"

【拓展阅读】

斯蒂芬·金:《关门写作,开门改稿》

第二讲
送小说上路

再高雅的东西也得吃饭，这一讲，老师给诸位新手爸妈介绍一些投稿的知识，希望能实实在在地帮助到你们。

一、给作品取一个适当的名字

像人一样，每篇小说都会有一个名字。给小说取名字就如给新生儿命名，应该是神圣的事，一旦名字取出，就意味着新生命的诞生，所以务必多花些心思。不可随手取一些"孔二狗""李树根""吴德""杜子腾""费颜"之类的诨名，至少要是合适、大方的。我初写作时不太重视标题，目前看来最烂的一个题目就是《夏日散记》，但好在这样的题目也不别扭，只是不够别致鲜活罢了。

　　大家肯定有过这种经历——老师点名时听到一个名字好好听，就忍不住想去看看这个有着美好名字的同学长得什么样。同样的，可能也有些同学会有这样的经历——觉得一本小说的名字好听，就去买下它，阅读它。好名字是作品呈现给读者的第一印象，也能吸引编辑关注，引得编辑多看几眼。在恰当之外，如果能别致一些就更好了。有些书的名字比如《上种红菱下种藕》《水仙已乘鲤鱼去》《雨季不再来》《厚积落叶听雨声》本身读上去就很有旋律美和意境美，绝对会给内容加分。

　　那么如何取名字呢？

　　建议大家可以多从古籍中找找灵感。一些诗词曲中有很多现成的东西。我有篇小说叫《谁家院》，就取自"赏心乐事谁家院"这句。另外就是大家平日里要是喜欢听歌，也可以关注一下那些优美或者有哲思的歌词，往往会有收获。我的一个朋友写了一部小说，题目是《亲爱的路人》，就来自刘若英的歌曲《亲爱的路人》。如果搜肠刮肚都难以找到一个合适的题目，我们还可以关注小说中的季节和人物，甚至直接用人物的名字来命名也是可以的，例如《大卫·科波菲尔》。

二、选择适合投稿的报刊

投稿切不可盲目，要多花些时间，弄清楚你写出的作品适合哪个刊物。

基本上来说，每个报刊用什么类型的稿件都是有预设的。好文章如果投错了对象，往往会很遗憾。譬如小说投给散文或诗歌杂志，成人小说投给儿童文学杂志，写现实生活的小说投给幻想杂志，都等于白投。哪怕是同一类型的杂志，其办刊风格也是不一样的。像同为青春杂志，《萌芽》与《青年文学》的风格差异就很大；上海版《少年文艺》与江苏版《少年文艺》也各有千秋；《儿童文学》与《读友》对读者对象的定位也是有差异的，等等。不过每个杂志对所需稿件都有一个大致的说明。建议大家在投稿之前去图书馆，挑出三四期翻一翻，不仅要看投稿须知，更要把杂志从头到尾读一遍，研究一下作品风格，"投其所好"，被采用的概率就大了许多。

现在投稿大至分为三类：传统纸刊，网络文学网站，APP和公众号。

网络文学网站的信息量大，字数几乎没有限制，发表的时间也很快，大多在一个星期之内就能看见。如古榕树下原创文学网站（简称：古榕树下。编辑部电子邮件地址：ForYou@EnjoyBar.Com），就是一个非盈利的纯文学网站。

APP和公众号现在投稿也很方便，传播渠道也很广，比如"一个"APP，大家只需要搜索下载下来，界面上都会有投稿的渠道。

我这里重点介绍传统纸质文学刊物，对一些著名的文学期刊做些介绍（源自各杂志投稿须知）。

中国的纸质文学刊物大至分为成人文学刊物和儿童文学刊物。如果你写的是儿童小说、校园小说，以下期刊会是不错的选择：

1.《文学少年》

这是辽宁省作家协会、辽宁儿童文学学会主办的一份月刊，分为中、小学两个版本。辟有较大的版面发表中小学生的优秀作品。譬如《文学少年（初中版）》专门设有"文学少年"栏目，专门发表学生作品。以 3000 字为宜。

2.《小朋友》

这是我国生命力最长久的儿童杂志，凝聚着我国老一辈儿童文学作家、出版家的心血。由少年儿童出版社主办。刊物里有"习作园地"专栏，如果你写的是童话小说，可以试着一投。但文字不能太长哦。

3.《中国少年儿童》

原名《中国儿童》，是共青团中央、全国少工委主管的中国少年先锋队队刊。它有个子刊叫作《快乐阅读与日记》，以故事为载体，向小学生们传授写日记、写作文的窍门，同时也为小学生们提供展现优秀日记的平台，把读者变成作者。当然啦，它是为小学生打造的文学平台，中学生的作品就不一定适合了。

4.《东方少年》

这是北京市文联下属的东方少年杂志社主办的一本少年刊物，被北京市政府评为优秀期刊。

这本刊物也有一个子刊，叫《东方少年快乐文学》，其中有个栏目叫"金牌小作家"，专门发表少年小说、童话故事和散文。字数在2000字以内。

投稿邮箱：dfshn@sina.com。

投稿地址：北京市前门西大街95号《东方少年快乐文学》，邮编100031。

5.《课堂内外》（初中版）

这本杂志中有个栏目叫"花季故事"，刊载少年作家的小说作品。对投稿的要求是要有美好的小说情节，唯美的、玄幻的、猜疑的小说类型（5000字左右）都可以投。

投稿邮箱：ktnwcz@163.com。

投稿地址：重庆市北部新区财富大道19号C区2幢1-7号《课堂内外·初中版》，邮编：401121，编辑部电话：023-63658969。

6.《读友》

这是一份面向8～15岁少年儿童读者的文学半月刊，上下半月刊的风格特点略有区别。上半月刊包容性强，各种文体兼收并蓄，以清雅、温馨、浪漫、隽永、唯美、抒情为主打风格；下半月刊突出类型划分，以小说为主，包含"悬疑""武侠""魔幻""推理""侦探""科幻"等多种类型，以时尚、热烈、动感、炫丽、轻松、幽默为主打风格。

投稿邮箱：duyou2008@163.com。

投稿地址：北京市大兴区柳林路南学友园大厦二楼《读友》编辑部；邮编：102628；电话：010-60212008-8079，010-60212008-8064。

7.《小溪流》

这是由湖南省作家协会主办，我国面向国内外发行的三家主要儿童文学刊物之一，也是湖南省内唯一的少儿文学刊物。有A、B、C版，B版"成长校园"设有"花季故事·成长""年华·思绪""感情在线·感恩""文学炫风·新锐"等栏目，每期都有采用少年小说。

投稿邮箱：1006209916@qq.com（A版：小学中高年级版），xxlbjb@188.com（B版：中学版），1006209916@qq.com（C版：低幼版）。

8.《青春阅读》

这是天津市作家协会主办的文学刊物。其中的"青春年华""校园生态"和"九〇纪"栏目是少年作家的地盘,主要发大、中学生的作品。"青春年华"着重发描写青春成长故事的小说,每篇1500~3500字。

投稿邮箱:qcyd@eyou.com。

9.《少年文艺》

说起《少年文艺》很有意思,两本《少年文艺》是一对双胞胎,却没有血缘关系。姐姐落户上海。这本《少年文艺》由少年儿童出版社主办,是中华人民共和国成立以来创刊最早的儿童文学刊物,也是目前国内发行量最大的原创儿童文学刊物之一,许多著名作家的处女作都在其上发表。它开设有"新芽"栏目,专门发表小学高年级和初中学生的小说、童话等,字数控制在8000字以内。

投稿热线:021-62815531。

投稿邮箱:shsnwy@sina.com。

投稿地址:上海市延安西路1538号《少年文艺》编辑部,邮编:200052,要注明"投稿"字样。

妹妹落户南京市。由江苏少年儿童出版社于1976年创办,是一本以青少年为读者对象的文艺类刊物。现在由江苏凤凰少年儿童出版社有限公司主办。江苏《少年文艺》每期都发表少年作家的作品，字数控制在8000字以内。

投稿地址：江苏省南京市湖南路1号A座10楼，邮编：210009，电话：025-83361393（编辑部）。

编辑都有刊内邮箱。如赵菱：tianxie1013@163.com，庄眉舒：zmeishu@qq.com，沙群：shaqun2010@163.com，丁爱芳：dingaf2012@163.com。但由于编辑人员是会流动的，如果不是很确定某个编辑还在那儿工作，不要轻易投给个人。不妨先给编辑部打个电话咨询一下，或者找一本近期的刊物，按上面提供的邮箱来投稿。

10.《儿童文学》

是由共青团中央和中国作家协会共同创办的杂志，被誉为"中国儿童文学的一面旗帜"。它由一本原创性的《儿童文学》（经典）和一本文摘性的《儿童文学》（选萃）构成"少年双本套"。

《儿童文学》（下）属时尚版，注重00后新锐作者的培养与展示。其中"领军佳作"是成人作家与少年作者的共舞之地。"新新笔团子"是新锐少年作品的展示栏目，专门发表有个性、时尚、优秀、醒目的少年作品。小说、童话、幻想作品都可以投稿。

投稿邮箱：

小说投稿：hcqbook@163.com；84514228@163.com。

童话、幻想文学投稿：th84514516@126.com。

投稿地址：北京市朝阳区左家庄北里5号楼《儿童文学》杂志社；邮编：10002；电话：010-84519806，010-84514228，010-84514516。

如果你的作品写得已经比较老到，或者你的作品已经超出了儿童文学作品的范畴，不妨把一些青春刊物作为投稿目标。

1.《中国校园文学》

由作家出版社主办，是面对广大中小学生的国家级文学月刊。有中学读本和小学读本两个版本。设有"青春季候风""青涩年华"等小说栏目。

2.《萌芽》

这本刊物大家太熟悉了，是青春文学的标杆。

投稿邮箱：mengya@mengya.com。

投稿地址：上海市巨鹿路675号《萌芽》杂志社，邮编：200040。在信封上要标明稿件类别（小说、散文、非虚构、连载、诗歌等）。

3.《花溪》《南风》

内容以情感小说为主。写都市言情类的可以投这两本。

以上提供的投稿路径，建议大家在投之前要再次确认，因为信息总是变动的。

除了这些知名刊物，我们也可以向地方办的报刊及内部文学杂志投稿。如本地的××日报、××晚报、××周报、××内部文学杂志等，这类地方报纸大多办有《副刊》，每周一期，专门发表当地人写的文学作品。同学们写的"小小说"就不妨投给它们，一般来讲采用率还是比较高的，因为这些地方报刊通常注重对少年作家的发掘与培养。同学们不要小看了这些就在身边的地方报刊。能在这上面发表文章，对自己也是一种鼓励，也能为今后在省级、国家级刊物发表作品积累经验。

除了关注传统刊物，还可以多关注各类文学大赛，譬如某个大赛在征稿，你正好写有一篇符合征稿要求的小说，不妨立即去参赛。

三、电子邮件投稿注意事项

汉字和标点要规范。这个时代，对于汉字和标点的规范性要求不是很高。譬如我，在做语文老师之前，写小说时只会用"的"。我父亲每次都得像检查作业一样帮我再检查一遍，把用错的"的、地、得"改正过来。做了老师，才慢慢好一点。还有一次，一个在报社做编辑的哥哥看了我的一篇小说，给我发短信说："呆"了半天？你怎么每篇小说都这么"呆"？应该是"待"。就闹了笑话。

另外，除非是特殊的需要，不要轻易用网络上的那些符号。网络词汇也不要大量出现在作品中，显得不够正式大气，网站无所谓，但杂志并不一定喜欢。

目前投稿一般都使用电子邮件。主题应包括

投稿栏目（如果自己能弄清楚的话）、文章名、发表笔名。内容就是文章的全部内容。电脑的字一般可选择宋体，五号或小四号，标好页码，方便编辑阅读。除非是长篇小说，建议你在附件之外，在正文里同样编辑一份（有些编辑部的电脑真的是很慢，打开个附件很麻烦）。文章的后面要留下你的个人信息，包括联系地址、姓名、手机号码等，以及其他有必要留的信息。

另外，对不认识的编辑投稿，自我介绍一下是可以的，但不要过分宣传。弄不好，会给人以吹嘘之感。你只需写清楚你是哪所学校哪个年级的学生、多大年纪就可以了。当然，如果你曾经发表过作品，或是获得过什么比较厉害的文学奖励（校级、区级的就算了吧），也可以简略地写一下。但这不是重点，最终还是要靠作品说话。

如果你的稿件报刊拟用，一般来说编辑都会通知你。要是一个月都没接到通知，那就意味着稿子可能被毙了，就得考虑往别的报刊投。现在报刊都不喜欢一稿多投。对于一稿多投的作者，他们往往会选择放弃。有一次，我的一个朋友有篇小说同时获得了两个全国大奖，知道第一个获奖的结果时她特别高兴，没几天第二个奖项一出来，她马上傻眼了，两边去解释都没用。结果就是两个大奖都被取消了，非常可惜！

每个编辑手头上都有属于自己的"作者资源"。一般来说，你第一次跟了谁，以后就老老实实地跟下去，并请与这个编辑保持固定的联系。除非对方主动提出换责编的要求。

四、投出去的稿子泼出去的水

稿子投出去之后，建议大家就当没写过这篇东西吧。一段时间后没有消息，就自己收拾收拾再修改吧，别灰心。

如果编辑已经明确拒绝过这篇稿子了，建议大家不要再"死缠烂打"。编辑的时间是很宝贵的。我有次和人民文学出版社以及《萌芽》杂志社的几位资深编辑一起吃饭闲谈，听他们讲了不少听上去很疯狂的投稿。比如一寄就是几百万字的小说，每年不采用每年寄，而且都是一样的内容。

比如，每天来编辑部楼下逮着编辑问消息。有这功夫，不如多去阅读，多去打磨自己的笔。

最后一点，是为自己保好密。写东西的人通常来说都比较敏感。我们暂时还都需要一个保护伞。大肆渲染——不论是失败还是成功——于写作者来说，都是件伤害内心平静、打破已有定力的事。不论反馈如何，请看清楚脚下的路与想去的方向，迈好自己的脚步。

其实，当写作成为一种内心的诉求，当我们就是"想写"，需不需要发表，需不需要引发他人的共鸣，倒在其次了。文学，还是需要一点"无为而治"的精神。

好了，传授至此，该上路的同学可能已经跋涉于山水之间。你们不是在独自上路，但也是在独自上路。你们可能会遇见质疑、溃散、压抑，最终与"孤独"并肩，但相应的，灵动的野兽与巍峨的山峦也会一直出现在你的前方，日月会把光辉与清凉永恒地照进你心底。

只要你一直在写，总有一天，你会感谢手中的笔，感谢自己写下的每一个字。它们浓缩了彼时彼刻的心境、学识、见地，它们是成长最好的镜子。因为要写这本书，我陆续翻看了曾经写的一些小说，真的是边看边笑边为之动容。过往的一切，某个似曾相识的情节，彼时写作时的心绪，早已忘记的人，都随着阅读渐渐浮现，是非常奇妙的体验。我甚至在幻想，等到牵牛长大了，她读我的小说时会有怎样的感觉？等到我老了，再读这些青春时代的作品，又会是怎样的心境？

哪怕我们每个人都没有办法成为真正的作家，没有办法留下流芳百世的作品，这些记录着你的个人史的字，依然散发着生命力，如同布莱克的诗里所言：

> 一颗沙中看出一个世界
> 一朵花中看出一座天堂
> 把无限放在你的手掌上
> 把永恒在一刹那间收藏

我们笔下的世界，就是属于我们每个人的"永恒"。

【习题与思考】

有哪些古诗词适合当作小说的题目?

【拓展阅读】

1. 毕飞宇:《小说课》
2. 木心:《文学回忆录》

参考书目

《怎样写作》：叶圣陶，中华书局，2013年3月版

《写作这回事》：〔美〕斯蒂芬·金著，张坤译，上海文艺出版社，2014年9月版

《写作范例辞典》：江西教育出版社，1988年7月版

《晚翠文谈新编》：汪曾祺，生活·读书·新知三联书店，2002年7月版

《世界100位作家谈写作》：王歌、郑欣译，林辰编选，上海文化出版社，1987年11月版

《文学理论教程》：童庆炳主编，高等教育出版社，2004年3月版

《与王同行》：曹文轩，光明日报出版社，2004年5月版

《小说课》：毕飞宇，人民文学出版社，2017年2月版

附录
胡钺初中创作小说选读

夏日散记

一

我看着妈妈亲手为我做的倒计时牌，上面赫然写着：离中考还有45天，她把"5"涂成了红色，她说我是5号出生的，幸运数字也是5，所以她把每个月中凡是出现"5"的日期都涂红，两个涂红的日期之间的日子，就是我做完一套她亲自为我挑选的试卷的日子。因为受那个该死的牌子的影响，我现在每天早上到学校的第一件事就是向大家宣布离中考还有多少天，搞的大家神经兮兮的，总是一副心神不定的模样。于是蟑螂就说："跳蚤呀，我们现在正处在灰色时代，你不要再给我们时不时地抹上点黑色好不好？"蟑螂是我们的班头，也是我的同桌，我正在考虑如何回答他的时候，忽然从后面冒出一个声音："早就该给你们这群猴子念念紧箍咒了，一会儿我去跟你们班主任说说去，也让他在班里做个倒计时牌。"说话的是善鱼——我们的 English teacher Miss 善，蟑螂见了她便一声不吭了，可怜兮兮地趴在那儿，一副见不得人的模样。我知道他一定憋了一肚子气，果然，善鱼一走，他便撇了撇嘴，直骂她大恶鱼一个。

两天后班主任希特勒果真带着个牌子来了。不过上面贴的是招生简介，真让大家虚惊一场，不知是善鱼忽然想开了还是她忘记了，反正那个让人心悸的牌子最终没被贴出来。

二

兔子红着眼睛进了教室，被蟑螂撞着了，他笑嘻嘻地说："兔子，你真不辜负你的名字呀，连眼睛也变成兔子眼了，红红的。"兔子无精打采地说："还不是因为我家那只死猫，昨天晚上它在家里叫一声，外面就有只野猫给回一声，害得我一闭上眼睛就觉得有一窝猫在我面前蹦来蹦去。最后，我实在忍无可忍，气得、气得——"

"气得怎么了?"我们好奇地问。

"气得睡着了!"

"哎!我还以为你去拿了个大棒子,要和那只野猫一决高低呢!"我满脸遗憾。

"可怜我们的兔子瘦得跟稻草似的,今晚咱们得给他加加餐,然后向那只野猫下挑战书,月圆之日,就是他们决战之时。"蟑螂一本正经地说。

"决战就不必了,不过东西我还是要吃的。"

"贪吃猪!"我在心里骂了一句。

下了第九节课,兔子就端起饭盒出了教室,边走边念念不忘地对我们说:"晚自习前我会回来吃你们免费提供的东西的,最好是巧克力加棒棒糖。""这家伙记性倒挺不错。"老鼠说:"而且很能吃。"我问蟑螂:"给他准备什么呢,总不能让他去喝'稀饭'吧?""你们去吃饭,我一个人搞定!"蟑螂拍拍胸脯,一副胸有成竹的样子。我和老鼠立刻溜之大吉。

直到晚自习快上课时我们才回到教室,一进门就看见兔子小心翼翼地捧着片菜叶子,拿着叶枫的放大镜正仔细观察。老鼠跳过去说:"几十分钟不见,数学狂就改行了?"蟑螂示意老鼠别说话,然后悄悄告诉我们:"兔子正在研究从哪下口能最快把它吃掉!"我们才知道这就是蟑螂所谓的"美餐",于是哄堂大笑。兔子忽然不再刻苦钻研,只是一味地重复一句话:"我再不叫'兔子'了!"这句话一直重复到上晚自习,恰巧被希特勒撞见,他说:"我好像看见一只叽叽喳喳的麻雀。"然后意味深长地看着兔子。我们偷偷捂着嘴笑,但马上又开始埋头做功课。兔子从此更名叫麻雀。他还说动物都是从低等向高等进化,而他却在退化,——从哺乳类退成了鸟类。

叶枫听说兔子改名叫麻雀后,便大笑不止。笑得让人汗毛直竖,头皮发麻,怪恐怖的。他说我们四个都快成"四害"了,并扬言要回家拿瓶灭害灵在教室里喷喷。我们立刻群起反攻,说叶枫你都和白蚁没什么两样了,整天抠讲桌上那个洞(他坐在讲桌旁边)。叶枫悻悻地说:"下回我不抠就是了。"

后来他真没有再抠那个洞,看来这家伙挺遵守诺言的,不过比抠更严重的是,他居然带来个打火机,开始烧那个洞,并且是在英语课上。那时善鱼正叫我们自己复习,她坐在讲桌前批卷子。可怜的叶枫不小心把洞烧着了,他连忙笨拙地向那火苗吹气,谁知把火都吹到讲台里面了。讲台里面的东西都烧着了,我们很兴奋地看着,然后开始窃笑。麻雀在草稿纸上写下"红烧鳝鱼"四个大字到处传给我们看。

Miss 善终于闻到了烟味,往讲台里一看,大惊失色。叶枫马上自告奋勇地跳到讲台上去"英雄救美",左捣右捣把火弄灭了。善鱼终于恢复过来,大声质问这是谁干的?!

没想到一旁冒出一个可怜兮兮的声音:"是我……"

"叶枫呀你想把我给烧死吗?你知不知道你都快成纵火犯了!……"

叶枫只是赎罪般地低着头,一副"我已知错"的样子。可善鱼居然没有半点同情心,还不肯善罢甘休,又在那啰啰嗦嗦、唠唠叨叨、婆婆妈妈地说了一大堆,幸亏下课了,善鱼终于走掉了。叶枫真是活该呀倒霉呀背时呀可怜呀,一直在那祈祷善鱼别向希特勒告他的状。

可是当天下午这家伙就又闯祸了。自习课上，他心里憋得慌，便扭过头来要跟蟑螂下五子棋。蟑螂是什么人？也不管现在正处在非常时刻，很爽快地答应了。正当两个人杀得你死我活的时候，希特勒不失时机地悄悄进来了，跟个幽灵似的。他亲热地拍拍叶枫的肩，"别拍我！"叶枫给他来了句"忠告"，依旧不回头。蟑螂比他聪明，又处于有利地位，一抬头便看见了那张似笑非笑的脸，立即金盆洗手，只剩下叶枫一个人唱独角戏。希特勒在叶枫身后开了口："叶枫同志，我真的十分佩服你的注意力。"说的满真诚满恳切的样子，叶枫的脸色和身体同时来了个180度的大转弯。"哎！我真是非常同情你，穿着凉鞋还要在操场上散步十圈，有请——"叶枫只有遵命的份，"散步"去了。

三

天气渐渐热了起来。

阳光从密密的树叶中间筛落，透过窗户懒洋洋地爬到桌子上来。细小的灰尘在光柱中变得狂妄自大了,示威似地到处飞舞着。闷热的风在空中转来转去,到哪都会带去一阵骚动。

上午放学的时候,竟然下起了雨。我却并不急着逃窜,雨点的到来使曾经嚣张的、闷热的空气变得温顺了,凉爽起来。我淋着雨,浑身上下有一种说不出的惬意。雨连着下了好几天,教室里莫名其妙地多了许多虫子,比方说蛾子、苍蝇、蚊子什么的,麻雀说这都可以开个自然保护区了。教室里总是飘着一股淡淡的风油精味。

礼拜五我们进行了第一次模拟考试。我们虽做了很认真的准备,可成绩单发下来,全班考得一塌糊涂。特别是化学,出奇地砸了。化学老师把卷子发下来的时候,整个教室就像被人扔进了冰箱,所有的东西就在一瞬间凝固了。我微微发着抖,手脚冰凉却又出了一身冷汗。

蟑螂考了第一却也只是80多分,这对于已经习惯了99分100分的他来说同样是残酷的。我刚刚及格,好在我已经在化学这门课上练就了一层厚脸皮,居然一点感觉都没有。我一扭头却看见老鼠那双噙满了泪水的眼睛。化学一向是她的骄傲，这次却也只得了 70 多分。我找叶枫要了一片纸巾，回头塞给老鼠，她摇摇头，又把纸巾还给我。我想我比老鼠考得差却还能心安理得地坐在这儿，脸皮真是厚得可以，想着想着禁不住也流下泪来。蟑螂把刚才我找叶枫要的纸巾递了过来，它本是我好心好意帮老鼠要的，现在自己却要用了。

化学老师讲了一半忽然停下来了，把眼镜一去，我想她是不忍心看我们死气沉沉的样子。"我感觉自己好像进了墓地"，她说："你们振作一些好不好！"立刻就有人坐直了身体。我用手撑着头，勉强挨到下课。化学考师并不急着离去，而是向我们走过来。她像妈妈一般拍拍我的肩："蕖蕖，相信你下次会考好！"她看着我，目光是透明的，像夏日中午炽热的阳光。我点点头，她会心一笑，又朝老鼠走去，朝刚才所有掉过泪的孩子走去……

四

张贤亮说："世界给每一个人规定的路都非常窄，只要在这条路上迈出第一步，就必须沿着这条路走下去。人只有在走第一步之前可以选择，一经选择后便成了木偶——不是自己在走，而是两旁的高墙把人向前推挤。"

第一次模拟考使我们尝到了失败的滋味,好几天都振作不起来。虽然摔得很惨,很痛,但我们只有硬着头皮在别人为我们设定的窄道上继续走下去。在学校、家庭、社会这三座高墙的推挤下,我们成了木偶。每天机械地按照老师的安排,复习、考试,考试、复习,以期前面的道路变得更宽些,更灿烂些。

模拟考试在我们心里留下的阴影随着时间的推移渐渐变淡了,消散了,老师们都带着欣慰的目光看着我们。一天下午,希特勒把班里十几个学生叫了出去。他说我们这些人最后加一把劲,冲刺一下,是有希望考上重点高中的。他让我们每天中午一点半到校复习功课,他来开开小灶,为我们加些营养。

接下来的日子里,我们每天中午开始吃学校食堂里枪子似的米饭,然后经历边复习边打瞌睡的场面。希特勒说忍忍吧,谁笑到最后谁笑得最甜。看着老师陪我们一起受罪,我们自己过意不去,只好强打精神坚持下去。

一天老鼠忽然拿了一套另一所重点中学的模拟试卷，很慷慨地把它给了老师。听说那所学校考完的试卷从来不发，都把它们锁在保险柜里。老鼠是怎么把它们搞到手的呢？她说那天她到那所学校去找小学同学，发现他刚考试完，就跑到学校的文印部对里面的人说她的老师让她来要套试卷，别人以为她是本校学生，就把试卷给她了。我们说老鼠真不愧是偷窃高手，把别人的"绝密情报"都给搞来了。

六月上旬，我们照了毕业照。我站在麻雀的后面，脚踩在椅子上，比1.78米的麻雀高出许多。我记得麻雀常说我忌妒他长得高，这一回，我带着优越感拍拍他的头，居高临下地说："麻雀，这回轮到你忌妒我了吧。"我想麻雀肯定在骂摄影师，怎么偏偏让我站在椅子上？摄影师按了两次快门，都失败了。麻雀大叫："不得了，咱们如此丰富的表情，就这样白白浪费掉了，由此可见，为什么原来咱们国家那么丰富的资源现在却没了，你们说为什么呀？"他兴师动众地问。"麻雀吃了！"我们异口同声地说。麻雀气死了，可摄影师偏偏在这时按下了快门。后来照片洗出来的时候，他的样子特好笑。

后来过了很长一段时间，老鼠对我说，摄影师让笑一笑的时候她只想哭。我说："是呀，三年的时光，就在那一刻变为永恒的记忆了。"

五

离中考还有三天了。往届初三的这个时候，老师都放学生回家背书了，可直到现在我们放假的事还没有一点着落。我们急了，6本语文5本英语4本生物3本政治，怎么背得完呀！

吃晚饭的时候，叶枫拿着球拼命地砸教室门口的保险盒。终于，灯有气无力地哼了一下就灭了。我们欢呼雀跃，然后搬着板凳围着教室外面的花坛坐了一圈，边背书边等希特勒来放我们回家。我说这让我想起了《陈涉世家》中的"围坛而盟"，不过咱们是围着花坛背书。老鼠说他们是上战场，咱们是上考场，差不多的。这时善鱼从旁边经过，她说你们真够罗曼蒂克的，还有天然的空气清新剂。我们只是很谦虚地笑着，然后目送善鱼远去。花坛里面栽了几株栀子，因为不是精心护理，它的样子有些古怪，开了几朵看起来有些营养不良的花。我使劲地抽着鼻子，空气甜甜的，犹如我的心情。

第二天下午最后一节课，希特勒来了。我记得刚入学时就有些学哥学姐给我强调他的厉害性。后来第一次数学测验就给我们来了个下马威，不到90分的差一分围着操场跑一圈。他唯一的高招就是罚我们跑步，有一回叫一个同学围着花坛跑了20多圈，跑得人家晕头转向的。老鼠说他原来兴许是个体育老师，后来改了行却对旧业念念不忘，还让我们去继承光荣传统。初三时我们学过一篇课文《最后一次演讲》，其中有一句话是："希特勒、墨索里尼不都在人民面前倒下了吗？"真是大快人心，于是就时不时有些小革命派高举这句话大肆宣扬。

我们安安静静地坐着。我又想起善鱼常说我们让她联想到一群老鼠在跳舞，不知我们这个样子让她看到她又会联想到什么？

希特勒终于开口说话了。他说："三年前，你们的父母满怀希望送你们踏进这所重点中学，经过三年的风风雨雨，你们也要以优异的成绩走出这所学校！"我们鼓掌，心里竟带着些酸楚。他有些激动，说不下去了，只祝我们好运就走了。老鼠说真没见过如此潦草的告别仪式。或许她认为所谓的告别应该是先说一大堆酸得让人流口水的话再哭个天昏地暗。

我看看窗外，夕阳像根根质地柔软的金线，轻柔地落在我的肩上。我想它或许暗示着什么，是初中友情的结束，还是不可预测的明天的命运？

我们保持沉默。我们都很清楚，这是初中的最后一节课了。忽然有人开始撕卷子，撕完向吊扇上一抛，那卷子随着电扇转了几下便像洁白的蝴蝶一样飞向教室的四面八方。接着就有人效仿，最后竟发展到全班一起撕，一起抛。白蝴蝶飞得到处都是的，地上、课桌上、饮水机上，还有我们的身上。蟑螂说这要是让卫生老头看见了一定会气得口吐白沫然后昏倒在地。我看见旁边的人都只是勉强动了一下嘴角，我也是，笨蛋也看得出我们都在体验一种叫作依依不舍的感情。

后来，下课铃响了。我们彼此看看，相视一笑，然后默默地清理书包,很潇洒地走出教室。

三年,就这样过去了。

六

中考的时候,天下着雨,终于使这混浊而又燥热的空气变得清爽起来了。爸妈陪我到了二中,早看见蟑螂和麻雀站在校门口。老鼠没来,她不在二中考。我记得老鼠说进场后一定要跟同一考场的老同学拥抱一下。可等通知下来以后,她便只字不提了,因为只有一个傻乎乎的叶枫跟她一个考场。

我含着西洋参喝着脑白金向他们跑去,手里还拿着本书,纯粹是为了自我安慰。麻雀一见我便问我昨晚看没看柯南,我说当然看了。他大叫真是好同志,然后跟我握了一下手。我们三个开始神侃起来,蟑螂忽然示意让我们看看四周,周围的考生都拿着书叽里呱啦地背来背去,时不时听见有人大叫完蛋了,这一课我还没复习到呢。我们扭回头,很默契地一笑,从这笑容里,我们都看到了彼此的自信。

考完后的第一天我一直躺在床上,说不出是

更轻松了,还是更紧张了。我记得初三上学期全校举办演讲比赛,是个俗得要命的题目《说说我的心里话》。我老老实实地写,写我们又苦又累又烦又闷又困的生活,多少带点反动思想。后来居然被选中了,并且民主投票时得了第一。现在看来那时真是傻得不透气。初中的生活多美好呀。那些日子如同行云流水,很单纯,也很快活。我至今还记得我们在某个清爽的早晨跑完操后边啃面包边背英语的样子,在闷热的中午边扒干饭边歪着头补充睡眠的样子,在有着美丽夕阳的晚上围成一团边吃来一桶边开心地聊天的样子……我想着我们从前的点点滴滴,很奇怪自己竟能记得如此清楚,它们好像是昨天刚刚发生过的,挥也挥不走,抹也抹不掉。

我打电话问老鼠在干什么,她说她在抄赠别诗,40个人一人一首。我想老鼠毕竟是个心细的女孩子,凡事都想得那么周到。我又打电话问蟑螂,他说他正在和麻雀研究开毕业联欢晚会的事。我提起话筒,刚想拨叶枫家的电话号码,才想起他说考完试后他就逃,逃得越远越好。我慢慢放下话筒,我想我必须找件事干,不然我会急坏的。

下午,我就上街去买书。忽然看到一个人,有些面熟,想来可能是小学同学,便不由得停下脚步,他也跳下自行车,跑过来。我们就聊了半天,我忽然问他:"你是谁呀?"他一愣,也问我:"你是谁呀?"然后都不好意思地笑起来,彼此又像刚认识似的做了番自我介绍。我问他班里是否还有小学同学,他说有一个叫杜杰的,问我还记不记得,我问:"是男的还是女的呀?"一句话差点没把他噎死。"哎!像你们这种高才生,哪记得我们这些平民小辈呀!"他讽刺道。我一脸的尴尬,连一句话也说不出来,后来道了声再见便走了。真希望自己再也别遇见他,永远也别遇到。

我一个人在初夏的大街上走着。太阳照在对面高楼的玻璃窗上,反射出一束束刺眼的光。我眯起眼睛,忽然害怕起来。害怕没过几年就会忘了曾经的老鼠、蟑螂、麻雀、叶枫还有许多许多初中的朋友;害拍别人也会把我丢在遗忘的角落里;害怕刚才的那一幕会再次上演。我们是天生喜聚不喜散的,可从今以后"分数"会把我们送到不同的学校,不同的班里。想想就很怅然。

七

七月十日,我去领成绩单。学校为了迎接百年校庆,正在大规模搞装修,搞绿化。我慢慢地走到一个水池旁,水池中央立着座很秀气的假山,奇形怪状的石头给这水池添出些棱角。水池里面长满了绿苔,白云就在这一池绿水中快活地游着泳。这时有人喊我,我回头一看是个管理花草的师傅。他说马上就要喷水了,让我小心点。我谢过他,退到一旁,水珠立刻就争先恐后地蹦出来了,在阳光下闪着点点金光。我就这么愉快地看着。忽然一只冰冷的手无力地拽住了我的胳膊。我打了个冷战,扭过头,看到了老鼠那张毫无生气的脸,很苍白,与这炎热的夏是那么的格格不入。她盯着我,只吐出三个字:"我完了。"我猜她大概是知道自己的分数,也只有分数才能把原本开朗的她变成这样。我扶着老鼠坐下来,却说不出一句话。老鼠死命地盯着地下,似乎要把它看透。

这时蟑螂满头大汗地跑了过来,手里抱着只脏兮兮的篮球。他奇怪地看了老鼠一眼,然后告诉我们要到班里集合了,说完就又跑去找别的同学了。我轻轻推推老鼠,示意她该进班了。她摇摇头,说自己就在这儿坐着。我不想勉强她,只是不放心地看了她一眼,告诉她我会尽快回来的,然后我就去了教室。

教室里闹哄哄的。上次我们撕的卷子已经被清理掉了。有人兴致很高地说着话,也有人像老鼠一样沉默着。麻雀走过来问我考了多少分,我说我没有查,也不想查。这时希特勒进来了,发下来一张成绩单,我考了479分。我又看了一下别人的,老鼠考了455分,蟑螂的是527分——全市第一,麻雀是481分,叶枫最惨,只考了423分。接着希特勒就发了毕业照。叶枫戴的眼镜反光,照出来却没了眼睛,蟑螂说他是"目中无人"。除他和麻雀那张怪里怪气的脸外,其他的人都笑得很开心。老鼠也是,可一想起她刚才的样子,我就再也高兴不起来了。

学校终于忍不住了,由校长亲自出马,来开动员大会,一个劲地劝说我们留校,还列举了一大堆优惠政策。我懒得听,只巴望着他赶快结束这场演讲，因为老鼠还一个人孤零零地坐在外面呢。

没想到校长刚走后蟑螂又蹦了上去，说是要商量开毕业联欢晚会的事。我坐在底下直骂他IQ零蛋，都知道分数了，谁还有心思来呀！起码老鼠不会，她连班都不想进，还谈什么晚会？

八

为了给蟑螂捧场，我还是去参加晚会了。半路上，我碰到了一个卖气球的人，那一把五颜六色的气球为这个灰色的城市抹上了一道亮丽的色彩。气球是今年流行的样式，双层的，外面一层是透明的，还画着一张脸，咧着大大的嘴巴笑得很开心，很有感染力，让看到它的人也会不由自主地笑起来。里面一层被淡淡地涂上了粉蓝、粉红、粉绿、粉紫或是粉黄色。我对卖气球的人说我全部要了，他吃惊地看着我。气球一共是14只，我付了钱，28元。他帮我把气球系在一起，然后乐滋滋地走了。我拽着气球觉得它们似乎要把我带上天空了，有种飘飘欲仙的感觉。阳光在我周围蹦来跳去，我想它们一定被那漂亮的气球吸引住了。它们会聚在气球周围，形成金色透明的第三层。

我进教室的时候人来得很少，蟑螂和麻雀很惊喜地跑过来帮我把气球运进教室。蟑螂说他们已经沿着房顶的对角线系了两根彩带，两边都用透明胶带固定好几层了。等一会儿还要在彩带上绑上气球、假花，正担心彩带承受不住呢，幸亏我带来了氢气球。他们开始去把气球系在彩带上。

这时我忽然听到了气球的爆炸声，一扭头才发现另几个同学一直在吹气球，一只气球很不争气地炸破了肚皮。麻雀说他的腮帮子都吹得发酸，我笑着说真可惜你不能再继续运动你的脸了。然后我从包里掏出一个充气的东西，麻雀立刻拿过去用脚开始踩，那样子活像是在跳舞，他边踩还边嘟囔着说他又该运动他的腿了。

这时候又陆续来了十几个人。蟑螂开始分配任务，他让我去布置黑板。我就拿了粉笔开始画起来，边画边想等开完晚会去老鼠家时该对她说些什么。

当我下了讲台看看布置的效果如何的时候，忽然瞥见一个人闪了进来，我一看竟是老鼠。她穿了件新连衣裙，鲜艳的颜色给她带来一丝活力。

我很惊喜地跑到她面前说你竟然来了，看来聪明的蟑螂是不会办傻事的。她只是一味地笑着。我擦了手，从包里拿出一张书签，——那是我准备去她家时给她的。书签是米黄色的，上面有一小片墨绿色的森林，下面印着于沙的一首诗：

  岁月像一把锋利的錾头
  在你的额头上錾出道道深沟
  如果沟里流的不只是欢乐
  你的人生就称得上富有

  我在书签的背后写着：我不想用太多的话来祝福你，如果真的太如意了，生活就会变得平淡无奇。

  我把它给了老鼠，然后很快地走开了，——我不想看她的反应。

  教室布置完了的时候天已经黑了。我们开了电灯。灯管被我们蒙上了一层蓝色的面纱，它们正发着幽幽的蓝光，柔和而又宁静。电视、音响和DVD已经装好了。蟑螂正在那儿试着音响，忽然叶枫抱着一箱醒目匆匆跑了进来。麻雀跳过去说:"叶枫你真不够朋友啊,来得这么晚。"然后朝他的左臂擂了一拳。没想到这一拳会把叶枫打得龇牙咧嘴的,我们这才发现他的左臂上青了一大块。叶枫说是他老爸干的。他认为叶枫考得不好就不能来参加晚会。可叶枫硬是要来,并英勇地冲出家门,只可惜他爸一把抓住了他。他急中生智大喊:"抓小偷呀!"立刻就有个叔叔叫着"小偷在哪?"然后冲了上来,他爸一急,手松了,叶枫就溜跑了。他说他真没想到老爸会在他胳膊上留下这么个纪念。我们很同情地听着。我们都知道他这么拼命地反抗并不是为了玩一晚上,对于他的良苦用心我们心知肚明。

晚会开始的时候老鼠坐到了我的旁边。她很温柔地看着我,然后说了声:"谢谢!"我很高兴。我想老鼠大概没事了,她会在另一个新天地中拼出属于自己的天空。我把一个很漂亮的本子递给她,请她在上面写点什么,然后传给蟑螂他们。我看过街上卖的同学录,包装得很精致,可我不太喜欢,因为那上面总是像查户口似的列出一大堆问题,什么爱好年龄性格星座血型,好不容易等到该留言了,却没剩几行了。

　　蟑螂跑到办公室把希特勒请来了。他很满意地看着被我们精心布置的教室。我们在底下达成一致协议——请他唱支歌。希特勒推辞着。蟑螂在上面冲我们做了个手势,我们立刻齐声喊道:"一二三,快快快,不要像个老太太;一二三四五,我们等得好辛苦;一二三四五六七,我们等得好着急。"希特勒笑了。我们第一次发现他笑的时候也蛮可爱的。他的严厉不见了,变得和蔼、温雅,甚至有点不知所措。他见同学们"将军"了,便说:"好吧,我就唱一支《幸福不是毛毛雨》。"我们鼓掌,他开始唱起来。听得出他在尽力把它唱好,我们很认真地听着,用掌声来给他伴奏。一曲完毕,我们笑着给他鼓掌,并请他再唱一首。他连连摇头,"再唱你们会把我尊为你们的呕像——呕吐的对象的,你们自己玩吧。"然后他就走了。

　　这时麻雀把那本子递了过来。我细细地翻着看,先是老鼠的,她引了《礼记·学记》中的一句话:"独学而无友,则孤陋而寡闻。"然后是蟑螂的,他可真够懒的,光抄了首《同桌的你》

的歌词放在上面，只可惜他坐不上"懒王"的宝座。因为还有个叶枫，叶枫只在上面写了一句话："祝福语在封面上找，还是英汉版本的。"我翻了一下封面，上面写着："把今天写在阳光下，把明天写在月色里，把友情写在我们的心田里，下面是一行英文Happy every day！"我又看麻雀的："如果真的就要各奔东西，那我就把藤野先生送给鲁迅留作纪念的照片上的两个字送给你吧。"麻雀存心要为难我，不过他没得逞，我记得那两个字是："惜别"。蟑螂走到讲台上说下面每个人叠一架飞机，把最想说的一句话写在上面，然后飞给别人。我们连叫好主意，然后开始找纸，找完纸才发现幼儿园时学的东西都已经还给老师了。蟑螂只得跑到外面找了个教师的孩子，用一个棒棒糖的代价让他教我们叠飞机。小孩乐滋滋地教着，我们很认真地学着，试图再一次找到童年的感觉。

我把上次的顾虑写了上去：如果我忘了别人怎么办？如果别人忘了我怎么办？如果我们都忘了对方怎么办？我还在飞机尾巴上画了一个圆圈做记号，然后把眼睛一闭，祈祷着千万别飞到纸篓里去了,然后放了出去。我一睁眼就往纸篓里看,我想,我真是个倒霉蛋,——那只飞机正头朝下栽在纸篓里,还示威似地把那个圆圈正对着我。我想只能等纸篓有朝一日成仙了,再给我答复了。

老鼠示意我往桌子上看,原来那上面有个纸飞机。我把它展开,只见里面写着:"把友情放在心中最甜蜜的角落里静静地保存,也许会更好!"

我想我已经得到了答案。

(原载《少年文艺》2000年第6期,2007年收入江苏少年儿童出版社《少年文艺30年原创精品文库·少年卷》)

后 记

记得读研的第三年,我们开始陆续加入找工作的大军。那时候的日子真是惶惶然又戚戚然。上海这么大,哪里有自己的一方立足之地?每天都是投简历、查路线、去面试。因为还没有正式落户,许多用人单位连简历也不收。那个时候,总有同学喜欢开我玩笑:你还找个啥工作,坐在家里当作家好了。

"那我得饿死。"我也总是笑着说。

在我成长的那个年代,对于文学,对于小说,心态是真的虔诚。那时候文艺青年还是个褒义词,爱好文学还是可以坦坦荡荡理直气壮说出来的事。我从来没有考虑过,要把"小说"和"生存"挂在一起。小说是什么?它太高级,是需要你调动一切来供奉的，而绝不能用来养谁。就连面试时把自己的小说带着，也是鬼鬼祟祟轻言轻语，总觉得把写作能力当作一块面试时的敲门砖，啊，真的好功利。

为了养活我的小说，我选择了做老师。为什么？因为只有老师才有寒暑假呀，一年中有三个月的时间是属于自己的，能够利用这三个月来写作，已经足够完美。只有做老师，方能够做到安身立命与实践理想并肩而行。

做老师的第二年，我就明白自己当初的念头太天真。教师的工作强度、压力值是真的大，紧绷了一学期好不容易挨到放假，真的会只想休息调整。等后来有了孩子，时间更是被分散到抓都抓不起来。而我自己的兴趣点，也慢慢转移到了教育学和心理学上，更愿意去听课，去看专业书，去了解孩子们的心理……小说，渐渐地，在我的生命中好像已经没有那么位置鲜明。

就连这本小说课，也是因为学校鼓励大家尽量发挥专长多开选修课，还鼓励大家把选修课教案汇集整理起来，编成一本教材，我才挤出了时间。

在写作授课的过程中，我常会翻看以前的作品、以前的书、以前的摘抄本。记得有一次看到"能指""所指"这俩词，真的是瞬间被抛回到读书的日子。那时候做梦呀，傻乎乎的，又无知又骄傲，挺好。也想到我的小说梦，模模糊糊总是任性的感觉——它依然在。

我竟然感谢起这样一门拓展课以至于有了这本书。在这里，既能和曾经的梦想重逢，又带着我对小说重新的认知和解读。那个暑假，在牵牛睡着后，我亮着一盏很小的灯，在一旁疯狂码字。等开学时，我和孩子们分享我的暑期状态，后来，竟有一个孩子把那个场景在一次仿写作业里描述了出来：

一个黑乎乎的房间，仅有一盏散发微弱光芒的灯，赶稿的母亲蜷缩在矮桌边，守着那盏黯淡的灯，却不敢调亮，怕打扰床上安琪儿般熟睡着的小姑娘。一旁的窗帘漏出一丝月光，微微照亮了母亲的脸。——她支着头，盘着腿，向着女儿微微地笑。

其实赶稿时我从来不会"微微地笑"。听家人说，我总是眉头紧锁，表情严肃，且脾气火暴。但是这番属于孩子的想象真的是分外美好。这本书，从萌芽，到初具雏形，再到今天装订成册，每一步都是被孩子们的热爱浇灌着的。带毕业班停止开选修课后，仍然有孩子问我："胡老师，小说课怎么不开了？我们还想报名呢。"

当初为了养活自己的写作选择了当老师，阴差阳错，竟也由此踏上了一条我真心热爱着的道路，遇见了那么多心怀赤诚的美好少年。我带领着他们，他们也催促着我。我在孩子们一次又一次的成长中一次又一次地走向更好的远方。而今，孩子们仍旧在助我一臂之力：把教育和小说融合在一本书里，不得不说，是对我最好的成全。